Sara Kadefors

Billie

Abfahrt 9:42

Sara Kadefors

Billie

Abfahrt 9:42

Aus dem Schwedischen
von Lotta Rüegger

Urachhaus

Die Originalausgabe erschien unter dem Titel
Billie. Avgång 9:42 till nya livet
bei Bonnier Carlsen Bokförlag, Stockholm.

Die Übersetzung dieses Buches wurde durch die freundlich
gewährte Förderung des Swedish Arts Council unterstützt.

ISBN 978-3-8251-5111-9

Erschienen 2017 im Verlag Urachhaus
www.urachhaus.com

1

Der Bahnsteig ist so voll, dass man zum Glück in der Menge untertauchen kann. Sicherheitshalber setze ich mich auf meine Tasche. Hier unten bin ich so gut wie unsichtbar. Die Leute schauen einander in die Augen oder starren ins Leere. Ich rolle auf der Tasche vor und zurück, vor und zurück. Dann hebe ich die Füße und gleite eine kleine Rampe hinunter. Zu spät merke ich, dass der Bahnsteig vor mir endet. Scheiße, denke ich gerade noch, gleich liege ich auf den Gleisen, und dann taucht Cecilia auf und sagt *typisch*. Aber kurz bevor es so weit ist, ramme ich ein paar Beine. Der Zusammenstoß ist so heftig, dass die Tasche und ich umkippen.

»Entschuldigung«, sage ich.

Der Mann wischt sich mit säuerlicher Miene die Hose ab. Am liebsten hätte ich gelacht. Die Tasche ist ja nicht besonders schmutzig und ich auch nicht. Trotzdem wischt er sich seine Hose so gründlich ab, dass ich gar nicht wissen möchte, was er von mir hält. Vielleicht hat er ja einen Sauberkeitsfimmel, weil er als Kind immer ausgeschimpft wurde, wenn er sich dreckig gemacht hat. In diesem Fall kann er einem wirklich leidtun. Wahrscheinlicher ist aber, dass ihm meine Frisur nicht geheuer ist.

Ich richte mich auf, und der Zug fährt ein. Die Leute umarmen sich ein letztes Mal. Das stimmt mich ein wenig traurig, denn ich sehe ein, dass sie einander vermissen werden. Ich kenne die Sehnsucht aus dem Fernsehen. Ich weiß, dass sie so sehr schmerzen kann, dass die Tränen kommen. Ich weiß, dass sie einem den Schlaf rauben kann. Vielleicht wird es mir in Bokarp ja auch so ergehen. Aber ich glaube es nicht.

Ein junger Mann hebt mir die Tasche beim Einsteigen mühelos in den Zug. Ehe ich ihm danken kann, ist er auch schon verschwunden.

Der Zug fährt an, und ich versuche, meinen Sitzplatz zu finden. Ich ziehe die sperrige Tasche hinter mir her, und einige Leute mustern mich verärgert. Schließlich frage ich den Schaffner, wo mein Sitzplatz ist, und erfahre, dass ich im falschen Wagen bin. Nach einer halben Ewigkeit lande ich endlich im richtigen.

Die erste Person, auf die mein Blick fällt, ist Cecilia. Sie hält ihr Handy ans Ohr und redet mit schriller Stimme. Dann entdeckt sie mich und reißt die Augen auf. »Billie, da bist du ja!«

Ich schiebe die Tasche ins Gepäckfach. Cecilia rennt auf mich zu und umarmt mich ganz fest. Ihr Herz pocht an meinem Ohr.

»Meine Kleine, welch ein Glück ... Ich dachte mir schon, dass du im Zug bist, aber du musst drangehen, wenn ich dich anrufe, stell dir vor, ich wäre auf dem Bahnsteig geblieben, dann hättest du ganz alleine reisen müssen. Das wäre nicht so gut gewesen, oder?«

Mit einem Seufzer lasse ich mich auf den Sitz fallen. »Ich komme sehr gut ohne dich zurecht.«

»Das ist jetzt nicht besonders nett.«

»Ich bin kein Kind mehr.«

»Mit zwölf ist man sehr wohl noch ein Kind.«

Ihr Blick klebt an meinem Gesicht. Ich bin nicht sauer auf sie, aber ich finde alles ziemlich lächerlich. Alleine zu reisen ist viel einfacher. Wenn Cecilia dabei ist, muss ich mich auch noch um sie kümmern, damit sie das Gefühl hat, gebraucht zu werden.

»Alles wird gutgehen«, sagt sie und setzt sich zurecht. »Wart's nur ab, das geht alles ganz glatt.«

»Woher willst du das wissen?«

»Das kann ich natürlich nicht, aber ich glaube jedenfalls, dass dir die Familie gefallen wird. Weißt du, Petra, die Mutter, ist einfach ganz toll. Ich habe mehrmals mit ihr gesprochen, und sie wirkt ungemein verständnisvoll.« Cecilia nickt sich sozusagen selbst zu. »Alles wird also gutgehen.«

Cecilia scheint sich selber gut zuzureden. Sie würde niemals verstehen, dass ich keine Angst habe, sondern einfach nur gespannt bin. Ihr hingegen ist anzusehen, dass *sie* Angst hat. Angst davor, dass alles schiefgeht, dass die Familie nicht so nett ist, wie sie denkt, oder dass ich auf einmal nicht mehr so froh und sonnig bin.

Ein kleines, vielleicht fünfjähriges Mädchen sitzt mit tränenüberströmtem Gesicht einige Reihen vor mir. Sie streckt die Arme über den Gang nach ihrer Mutter aus. »Ich will bei Diiir sitzen!« Mit hochrotem Kopf versucht ihre Mutter, sie zu beschwichtigen. Ich erhebe mich und gehe auf sie zu. »Wir haben zwei Plätze nebeneinander, die können Sie gerne haben, wenn Sie möchten.« Die Mutter sieht mich verblüfft an. »Aber ... das kann ich doch nicht ...?« »Wir können getrennt sitzen. Das ist gar kein Problem.« Cecilia setzt ihren mitleidigen Blick auf, denn ihr fallen keine plausiblen Einwände ein.

An meinem neuen Platz darf ich endlich wieder ich selbst sein. Ich tue so, als wäre ich ganz alleine unterwegs, und lehne mich behaglich zurück. Mama und ich simsen. Ich schreibe ihr, dass alles in Ordnung ist, und sie antwortet, dass sie an mich denkt. Danach überlege ich, wie es bei meiner Ankunft sein wird und wie wohl diese Mutter und dieser Vater sind. Ob sie dieselben Fernsehserien mögen wie ich?

Ich und der Mann neben mir kommen ins Gespräch. Er fährt zu seinem Sohn, der gerade sein drittes Kind bekommen hat. Ich helfe ihm mit den Einstellungen auf seinem Handy und installiere ihm eine App, die Vögel an ihrem Gesang erkennt. Zum Dank lädt er mich ins Bordbistro ein. Cecilia sieht uns erstaunt hinterher und würde uns bestimmt am liebsten folgen, weiß aber, dass das nur unnötiges Aufsehen erregen würde.

Im Bordbistro erzähle ich meinem neuen Freund, was mich bei meiner Ankunft erwartet. Er sieht mich voller Ernst an und sagt, dass es in der Tat recht spannend sein kann, Einblicke in eine ganz neue Welt zu gewinnen. Ich pflichte ihm mit eifrigem Nicken bei. Er hat es wirklich begriffen – es wird echt spannend. Danach reden wir darüber, wie man über den Tod der Frau hinwegkommt, mit der man über vierzig Jahre zusammengelebt hat.

2

Der Zug hält an einem Ort, von dem ich noch nie gehört hatte, bevor ich das Ticket dorthin in der Hand hielt. Das Einzige, was ich mit Sicherheit darüber weiß, ist, dass er sieben Stunden von meinem Zuhause entfernt ist. Ich nehme meine schwere Tasche und steige vor Cecilia aus.

»Wie geht's, Billie?«

Eigentlich ist an Cecilia nur auszusetzen, dass sie in ihrer Ausbildung gelernt hat, ich würde sie brauchen. Es ist ein Problem, dass Leute wie sie lernen, alle sogenannten Kinder wären gleich. Sie glauben, ich hätte die gleichen Bedürfnisse wie andere Zwölfjährige, die am Wochenende mit ihren Eltern aufs Land fahren und sich freitagabends eine Chipstüte mit drei anderen teilen.

Ich lasse meine Tasche mit einem dumpfen Knall zu Boden fallen und sehe mich um. Der Bahnhof besteht aus einem älteren Ziegelgebäude und drei Gleisen. Die anderen Mitreisenden, die hier ausgestiegen sind, verschwinden Richtung Parkplatz. Ich habe keine Ahnung, wie die Leute aussehen, nach denen ich Ausschau halten soll. Wir haben nur einmal am Telefon miteinander geredet. Der Zug fährt an. Auf dem Bahnsteig ist es auf einmal sehr still, und ich beginne beinahe, *beinahe*, mich ein wenig zu fürchten. Eine Krähe sitzt oben auf der Bahnsteigleuchte und starrt mich an, als würde sie sich überlegen, was ich da unten mache.

»Vielleicht warten sie ja auf der anderen Seite«, sagt Cecilia. Ich sehe ihr an, dass *sie* denkt, *ich* sei jetzt doch noch froh, sie dabeizuhaben. Aber mich freut vor allem, dass sie zu spät kommen. Vielleicht sind sie nicht ganz so perfekt, wie ich erwartet hatte. Wir betreten das kleine Bahnhofsgebäude und verlassen es wieder auf der anderen Seite. Eine offenbar sehr kleine Stadt liegt vor uns. Die meisten Häuser sind gelb und zweistöckig. In einiger Entfernung sehe ich eine Mutter mit einem Kinderwagen, einen in sich zusammengesunkenen Mann mit einer grünen Plastiktüte und eine ältere Dame mit einer Handtasche. Während wir warten, singe ich »I Want You Back« von The Jackson Five. Das mache ich immer, wenn ich mir die Zeit vertreiben muss.

Cecilia ist vollauf damit beschäftigt, sich Sorgen zu machen. Sie holt ihr Handy heraus. Bevor sie die ganze Nummer eingetippt hat, biegt ein eisblauer Wagen auf den Parkplatz ein und hält mit quietschenden Bremsen vor uns. Zwei Personen steigen eilig aus.

»Entschuldigt ...«

Die Mutter betrachtet mich mit eindringlichem Blick. Sie ist groß und blond und trägt weite, weiße Kleider. Der Vater mit einem winzigen Pferdeschwanz murmelt etwas, das wie »Verzeihung« klingt.

»Hallo Billie, ich bin Petra.«

Man sieht, dass sie nicht weiß, ob sie mich umarmen soll oder nicht. Ich will es ihr leicht machen und werfe mich in ihre Arme. Sie ist dünn und etwas knochig, riecht aber gut. Während wir uns umarmen, höre ich ein Geräusch, das ihrer Kehle entschlüpft, und merke, dass ich sie vielleicht zu fest drücke. Ich lasse sie los und umarme den Vater, aber nicht ganz so fest. Er sagt, er heißt Mange, also Magnus.

»Wir verspäten uns eigentlich nie«, sagt er.

»Nein«, ergänzt Petra, »aber manchmal geschehen unerwartete Dinge im Leben.«

Sie wirkt so ernst, dass es fast schon wieder lustig ist.

»Das macht nichts«, antworte ich.

Petra lächelt nett. »Wir haben noch schnell bei der Sporthalle gehalten, um ein paar Sachen zu holen, aber Magnus wurde von einem Vater aufgehalten, und tja ...«

Sie wirft Mange einen raschen Blick zu. Er scheint sie nicht gehört zu haben.

Dass Mange Sportlehrer ist, leuchtet mir durchaus ein, aber Petra sieht überhaupt nicht wie eine Pfarrerin aus. Obwohl ich natürlich noch nie eine Pfarrerin getroffen habe. Niemand in meinem Bekanntenkreis hat je einen Pfarrer oder eine Pfarrerin getroffen. Was machen die wohl tagsüber, wenn keine Hochzeiten oder Abschlussfeiern stattfinden?

»Trägst du denn kein Kreuz?«

Petra sieht mich mit weit geöffneten Augen erstaunt an.

»Ein Kreuz?«

»Ich dachte, Pfarrer tragen immer ein Kreuz um den Hals. Oder einen weißen Kragen. Aber ich kenne mich mit heiligen Dingen nicht so aus.«

Petra schluckt und lächelt wieder so nett.»Den Kragen trage ich eher selten, aber ein kleines Kreuz habe ich tatsächlich um.« Sie fährt sich mit einem Finger den Hals entlang und zieht eine dünne Kette unter dem Pullover hervor.»Hier.«

Mange ergreift meine Tasche, und ich lasse es geschehen, weil es ihm ganz offensichtlich wichtig ist. Cecilia und ich nehmen auf der Rückbank Platz. Im Auto riecht es sauber, und nirgendwo liegen Verpackungen von Süßigkeiten herum. Ich will die hellen Sitze nicht schmutzig machen und lege meine Hände sicherheitshalber in den Schoß.

Sobald der Wagen die kleine Stadt verlässt, fällt mir ein, dass die Familie Persson ja gar nicht hier, sondern einige Kilometer außerhalb wohnt.

»Wie lange wohnt ihr schon in Bokarp?«, frage ich.

»Elf Jahre«, antwortet Petra.»Wir sind hierhergezogen, als Alvar ein Jahr alt war.«

»Warum gefällt es euch da?«

Petra dreht sich zu mir um. Ihre Augen sind wirklich unnatürlich groß.»Weil es so ruhig und nett ist. Und weil wir alle Leute kennen.«

»Und was ist so gut daran, alle Leute zu kennen?«

Sie schielt zu Mange hinüber, der sich vollkommen aufs Fahren konzentriert.

»Nun, ... ich denke, es verleiht ein Gefühl der Sicherheit.«

14

»Was ist an Sicherheit so gut?«

»Billie!«

Cecilia wirft mir einen strengen Blick zu. Vielleicht denkt sie ja, dass ich frech sein will, aber das stimmt gar nicht. Ich frage mich wirklich, warum Sicherheit so gut sein soll. Wenn ich mich zwischen »sicher« und »lustig« entscheiden müsste, würde ich allemal »lustig« wählen. Bevor ich meine Gedanken in Worte fassen kann, reißt Cecilia das Gespräch an sich. Sie erkundigt sich nach Alvar und seiner Schwester, die Tea heißt. Ich erfahre, dass Alvar Tischtennis spielt und es liebt, im Gartenhäuschen zu basteln, und dass sich Tea gerne verkleidet. Ich versuche, mir meine Enttäuschung nicht anmerken zu lassen.

»Das klingt doch nett, nicht wahr, Billie?«

»Unbedingt«, antworte ich.

Dass wir Bokarp erreichen, merke ich gar nicht. Ich glaube allen Ernstes, dass uns die Landstraße noch irgendwo hinführt.

»Wir sind da«, sagt Petra plötzlich.

Im gleichen Moment bremst Mange, und der Motor wird ausgeschaltet. Ist das wirklich möglich? Wir haben vor einem braunen Haus gehalten, das sich wirklich nur als braunes Haus beschreiben lässt. Irgendwie gibt es nicht mehr darüber zu sagen. Ich sehe mich um. Überall stehen fast identische Häuser, nur in anderen Farben. Widerstrebend steige ich aus.

Eine ältere Frau nähert sich und schiebt so ein Wägelchen für alte Leute vor sich her. Sobald sie Petra erblickt, hellt sich ihr Gesicht auf.

»Vielen Dank für deine schönen Worte. Ich könnte dir bis in alle Ewigkeit zuhören.«

»Ich hoffe, das bleibt dir erspart«, erwidert Petra. »Geht's Lennart gut?«

»Ja, schon, aber die Hüfte macht ihm leider immer noch Kummer ...«

»Ich schaue in den nächsten Tagen bei euch vorbei. Und bringe Rhabarbersaft mit.«

Die Frau freut sich sichtlich, und Petra winkt ihr noch zum Abschied zu. Dann nehmen Cecilia und sie mich in ihre Mitte und geleiten mich zur Türe, als bräuchte ich ihre Stütze. Ich kann es nicht fassen, dass ich hier wohnen soll! In dieser Langeweile! Ich weiß natürlich von solchen Wohngegenden, aber ich *war* noch nie in einer. Die kleine Stadt, in der der Zug gehalten hat, erscheint mir plötzlich wie ein Paradies. Ich ergreife Cecilias Hand und stelle mich auf die Zehenspitzen. »Du, das geht nicht«, flüstere ich ihr ins Ohr. »Das geht echt nicht.«

Im Inneren des braunen Hauses ist alles weiß gestrichen. Es ist so weiß, dass es unbewohnt wirkt. Niemand scheint hier je gespielt zu haben oder an eine Wand gestoßen zu sein. An den Wänden hängen Trockenblumen und ein Landschaftsbild in langweiligen Farben. Auf dem Fußboden stehen die

Schuhe ordentlich aufgereiht, und an den Haken hängen vier Jacken.

»Hier kannst du deine Jacke hinhängen«, erläutert Mange überflüssigerweise.

Petra ruft die Kinder und schaut dabei die Treppe hinauf. Ich merke, dass sie nervös ist. Werden ihre Kinder mich wohl mögen? Werde ich die Kinder mögen?

Im ersten Stock sind Schritte zu hören, und im nächsten Augenblick erscheinen Füße auf der Treppe. Ein Mädchen mit rosa Leggings und hoch sitzendem Pferdeschwanz hüpft die Stufen herunter. Hinter ihr erscheint ein Junge mit einem Pony, der ihm in die Augen hängt. Sein Körper schreit förmlich, dass er weg will. Kein Wunder. Bislang habe ich in diesem Haus noch keine gemütliche Ecke entdeckt. Außerdem ist es kalt hier. Ich habe keine Lust, meine Schuhe auszuziehen.

Mange stellt uns einander vor und klingt dabei unangemessen fröhlich. Tea legt mir etwas in die Hand.

»Willkommen.«

Ich sehe mir den rosa Gegenstand an. »Shiny lips« steht darauf. Ein Willkommensgeschenk? Das ist aber nett. Ich bedanke mich ordentlich, obwohl ich kein Lipgloss benutze. Tea glitzert mich wie ein Püppchen an. Petra mit den unnatürlich großen Augen und der durchsichtigen Haut wirkt ebenso unwirklich. Ihre dünne Bluse hängt wie auf einem Kleiderbügel. Ihr Haar wird von einer silbernen Spange im Nacken perfekt geformt und zusammengehalten.

Als Erstes wollen sie mir die Zimmer im Erdgeschoss zeigen. Hier befinden sich die Küche, das Wohnzimmer und noch ein Zimmer, in dem die Eltern schlafen. Die Kälte des eisigen Fußbodens kriecht mir die Beine hinauf. Petra macht das Licht an, obwohl es noch nicht dämmert. Alles ist und bleibt weiß. Nirgendwo liegen Sachen herum. Ich frage mich, wo sie alles hingelegt haben, ob es vielleicht ein Zimmer gibt, in dem sie ihre Gegenstände verstauen, oder ob sie sie in die Garage gebracht haben.

»Habt ihr extra aufgeräumt?«

Petra fummelt an ihrer Kette. »Nein ...«

»Vielleicht ein wenig?«, frage ich mit Hoffnung in der Stimme.

»Mama räumt dauernd auf«, sagt Tea.

Manges Hand schießt ohne Grund auf mich zu und wuschelt mein Haar.

Im Obergeschoss liegen Alvars und Teas Zimmer und auch das, in dem ich zukünftig wohnen soll. Auch hier sind die Wände weiß. Auf dem Bett liegt eine blau-weiße Tagesdecke und auf dem Tisch steht eine Vase mit gelben Blumen. Es ist so kalt, dass ich nur noch weg will.

»Hier wirst du es aber gemütlich haben«, sagt Cecilia.

Ich nicke zustimmend, weil ich sehe, dass Petra nervös ist. Sie tut mir leid. Sie soll sich keine Sorgen machen müssen, dass es mir hier nicht gefällt.

Jetzt öffnet sie den Schrank und zeigt mir, wo ich meine Kleider hinhängen kann. Ein paar verwaiste Kleiderbügel baumeln einsam darin. Irgendwie ist es ein unerfreulicher Anblick. Außerdem habe ich noch nie etwas auf einen Kleiderbügel gehängt.

Plötzlich möchte ich mich am liebsten in eine Schachtel verkriechen und dort verstecken. Dieses Haus ist viel zu geräumig. Mein Zimmer ist viel zu geräumig. Ich weiß gar nicht, was ich mit so vielen Quadratmetern anfangen soll. Zu Hause gehört mir nur die Ecke, in der mein Bett steht. Ich habe noch nie einen Schreibtisch gehabt. Außerdem herrscht bei der Familie Persson eine ganz komische Stimmung. Als träten sie alle in einer Fernsehsendung auf. Ich wünsche mir, dass die Kameras ausgeschaltet werden und alle wieder sie selbst sind.

Alvar und Tea sind vor dem Zimmer stehen geblieben wie gespenstische Kinder in einem Horrorfilm, ernst und schweigsam. Alvar hat mir immer noch nicht in die Augen geschaut, was mich schon ein bisschen ärgert. Schließlich könnte er sich doch ein wenig Mühe geben, wenn jemand Neues in die Familie kommt? Er könnte doch wenigstens zwei Worte sagen.

»In welche Klasse gehst du?«, frage ich ihn, obwohl ich es bereits weiß.

»In die sechste. Wir gehen dann in die gleiche Klasse.«

»Toll.«

»Mhm.« Aber er scheint sich nicht sonderlich zu freuen.

»Das ist doch wunderbar«, sagt Petra immerhin. »Ihr könnt dann zusammen zur Schule gehen.«

Cecilia nickt eifrig. »Es ist immer gut, bereits jemanden zu kennen, wenn man in eine neue Klasse kommt, nicht wahr, Billie?«

Ich nicke. Aber eigentlich bin ich gar nicht ihrer Meinung. Es ist allemal besser, alleine aufzutauchen und nicht auf andere Rücksicht nehmen zu müssen. Vielleicht muss ich Alvar den ganzen Tag lang mit mir rumschleifen.

Petra und Tea tuscheln miteinander. Tea möchte mir offenbar ihr Zimmer zeigen. Sie hüpft mit wippendem Pferdeschwanz voraus und öffnet voller Stolz die Türe mit dem Bitte-nicht-stören-Schild. Die Wände sind rosa und das Zimmer ist voller rosa Gegenstände. Auf dem Bett liegen flauschige rosa Kissen, und vor den Fenstern hängen rosa Glitzergardinen.

»Warum magst du Rosa so sehr?«, frage ich.

Teas Lächeln erlischt.

»Sie hat schon immer Rosa geliebt«, sagt Petra, klingt aber nicht ganz überzeugt.

»Viele Leute mögen Rosa«, erwidere ich.

Teas Blick gleitet über meinen Körper und meine Kleider. Heute trage ich Schwarz. Und mein Hoodie ist knallgelb. Sie starrt auf mein Haar, meine langen, dichten Filzlocken.

»Das nennt man Dreadlocks«, sage ich. »Die Flechten, meine ich.«

Tea wirft ihrer Mutter einen Blick zu. Petra lächelt und nickt, als wollte sie sagen, alles sei o.k.

»Wenn man krauses Haar hat, ist Kämmen wahnsinnig anstrengend«, füge ich hinzu. »Also habe ich damit aufgehört. Dann ist es so geworden.«

»Warum?«, fragt Tea.

»Weiß ich nicht. Aber sie sind lustig.« Ich schüttle meinen Kopf, sodass die Filzlocken wie ein Kettenkarussell um meinen Kopf fliegen. Tea schreckt zurück, um sie nicht ins Gesicht zu bekommen.

Mein Blick fällt auf ein paar Pokale im Regal.

»Was hast du gewonnen?«

»Tischtennisturniere«, antwortet Tea. »Aber da war ich erst acht.«

»Sie war echt gut«, sagt Mange von der Tür her.

»Stimmt gar nicht«, erwidert Tea leise. »Ich habe mir den dritten Platz geteilt.«

»Mehrmals.«

Petra dreht sich rasch um und sieht Alvar an. »Möchtest du Billie nicht *dein* Zimmer zeigen?« Aber bevor sie den Satz beendet hat, ist er schon weg.

Ich verstehe ihn. Dass ein gleichaltriges Mädchen einfach so daherkommt und bei ihm wohnen soll, das ist nicht leicht. Wäre mir so etwas passiert, wäre ich ganz schön ausgerastet. Mama und ich sind, mit Ausnahme der Pfleger, die einzigen Leute, die unsere Wohnung betreten.

3

»Bitte schön«, sagt Mange. Ich ziehe einen Stuhl heran und setze mich. Im nächsten Augenblick merke ich, dass etwas nicht stimmt. Die ganze Familie sieht irgendwie betreten aus. Tea und Alvar schielen zu Mange hinüber, Petra lächelt gestresst. Mange fuchtelt mit der Hand, als wolle er sie zum Schweigen bringen.

»Das ist Papas Platz«, sagt Tea trotzdem.

Ich kapiere überhaupt nichts.

»Du sitzt auf Papas Platz«, fährt sie fort.

»Das macht gar nichts«, sagt Mange.

»Aber *ich* darf nie dort sitzen.« Tea schiebt die Unterlippe vor wie eine trotzige Dreijährige.

Ist es möglich, dass ...? Ich versuche blitzschnell nachzudenken. In dieser Familie darf man sich vielleicht nicht einfach überall hinsetzen. In dieser Familie hat jeder einen ganz bestimmten Sitzplatz am Esstisch.

»Wo darf ich denn sitzen?«, frage ich.

»Es ist nicht so wichtig«, sagt Petra, »aber wir haben am Tischende für dich gedeckt. Gegenüber von Cecilia. Und du bekommst die schönste Serviettenrose!«

Wir setzen uns alle gleichzeitig hin. Ich lobe das komische

rosa Ding, das auf meinem Teller liegt. Tea hat es mithilfe einer Anleitung aus einem Buch gefaltet, das sie zu Ostern bekommen hat. Ostergeschenke sind mir neu, aber ich vermute, sie sind wie Weihnachtsgeschenke. Petra sagt, dass Tea, was Farben und Gestaltung angeht, sehr begabt sei. Ich frage mich, ob Alvar auch irgendein Talent besitzt. Mange hat Elchsteak zubereitet, weil die Gefriertruhe voll davon ist. Offenbar jagen in seiner Familie alle. Ich wusste gar nicht, dass ganz normale Leute im Wald Tiere abknallen dürfen. Er erzählt sehr anschaulich, wie man im Morgengrauen voller Aufregung aufbricht und angespannt zwischen den Bäumen vorwärts pirscht. Das Herz schlägt einem bis zum Hals, wenn man das große Tier erblickt. Behauptet Mange jedenfalls. Cecilia nickt interessiert.

»Könnte ich bitte Kartoffeln haben«, sagt Alvar.

Mange hört ihn nicht, sondern leiert nur übers Tieretöten weiter. Petra ist schon ganz gestresst. »Wir sollten vielleicht das Thema wechseln«, sagt sie und reicht Alvar die Kartoffeln.

»Hast du schon mal einen Elch geschossen?«, frage ich Mange.

Zu meinem Erstaunen schüttelt er den Kopf. »Jetzt reden wir über andere Dinge.«

»Aber ich finde es gar nicht gruselig«, sage ich.

»Was denn?«, fragt Petra.

»Das Töten.«

Mange und Petra schauen sich verunsichert an.

»Blut ist harmlos«, fahre ich fort.

Cecilia regt sich. »Das ist doch nicht dein Ernst, Billie. Wenn du genauer darüber nachdenkst.«

»Doch, ich habe nie Albträume, egal, wie viel gemordet wird.«

»Hast du viele Gruselfilme gesehen?«, fragt Tea.

»Ja, aber ich finde sie gar nicht gruselig. Man weiß ja, dass alles nur erfunden ist.«

Tea wendet sich an ihre Mutter. »Sie ist erst zwölf und schaut schon Filme für Erwachsene!«

Petra macht eine Handbewegung, die, glaube ich, zum Themawechsel auffordert. Mange erzählt von dem Tischtennisverein, in dem er als Trainer tätig ist. Als Kind hat er an Meisterschaften teilgenommen, und er findet immer noch, dass es die absolut beste Sportart ist.

»Ich will dich natürlich nicht zwingen, aber es wäre toll, wenn du mich mal zum Training begleiten würdest.«

»Du musst nicht«, sagt Petra.

Mange wirft ihr einen erstaunten Blick zu.

Es ist ein ungewohntes, fast feierliches Gefühl, gemeinsam an einem Tisch zu sitzen. Ich bin vollauf damit beschäftigt, mich korrekt zu verhalten. Mit dem Essen wird erst begonnen, wenn ein Erwachsener »Bitte schön« gesagt hat, man muss auch Salat nehmen, es ist besser, zweimal zu nehmen, als einmal eine zu große Portion, man schaufelt das Essen nicht in sich hinein ... Letzteres erkenne ich an ihren Blicken.

Ich habe nie kapiert, warum alle alles gleichzeitig machen müssen. Wie soll man sich aufs Essen konzentrieren, wenn man gleichzeitig reden muss. Zu Hause essen wir, wenn wir gerade Lust dazu haben. Mama und ich haben zu unterschiedlichen Zeiten Hunger und mögen unterschiedliche Dinge. Sie hasst beispielsweise Thailändisch, und ich ernähre mich fast nur davon.

»Nimm noch mehr«, sagt Mange und schiebt mir die Platte mit dem Elchsteak hin.

Ich folge seiner Aufforderung. Der Elch schmeckt anders, aber gut, zumindest mit der Soße.

Petra spricht davon, wie schön es ist, im Wald spazieren zu gehen und Pilze zu pflücken. Wenn man alleine ist, kann man sich die Kopfhörer aufsetzen und Musik hören. Sie erzählt, dass sie es mag, wenn Frauen über ihre Gefühle singen, und bekennt, dass sie manchmal Liedertexte verfasst, obwohl sie es nicht so gut kann.

»*Ich* kann das sehr gut«, sage ich. »Ich habe schon jede Menge Lieder geschrieben. Aber ich vergesse sie dann immer wieder.«

»Oh, wie nett!«, sagt Petra und wendet sich an Tea. »Dann kann Billie vielleicht im Chor mitsingen.«

»Was?«, frage ich.

Petra ist ganz eifrig. »Wir haben einen Gospelchor. In der Kirche.«

»Bist *du* im Chor?«, frage ich.

Tea schüttelt den Kopf, während Petra gleichzeitig nickt.

26

»Alvar spielt Tischtennis«, sagt Mange nachdrücklich.

»Nicht so oft«, erwidert Alvar.

»In Bokarp spielen alle irgendwie Tischtennis«, sagt Tea. Ich muss gar nicht erst raten, was sie davon hält.

»Wenn du mitmachst, wirst du viele nette Leute kennenlernen.« Manges Augen ist anzusehen, wie sehr ihm das gefallen würde.

»Ich bin aber nicht gut. Im Hort haben wir bloß Rundlauf gespielt.«

»Du kannst es ja lernen!«

»Sie will vielleicht lieber im Chor mitsingen«, sagt Petra.

Ich sehe sie nacheinander an. »Vielleicht ist es ja nicht so sinnvoll, irgendwelche Hobbys anzufangen, wenn ich bald wieder nach Hause fahre.«

Sie nicken gleichzeitig.

»Was macht ihr denn an den Wochenenden?«, erkundigt sich Cecilia.

»Tja ...« Mange wirkt verunsichert. »Wenn keine Meisterschaften stattfinden, spielen wir Fußball oder ... gehen in den Wald, wie gesagt. Übermäßig viel ist hier natürlich nicht geboten.«

»Nicht? Es gibt doch jede Menge.«

»Verglichen mit Stockholm, meinte ich.«

»Das versteht sich doch von selbst. Aber das muss ja nicht heißen, dass hier gar nichts los ist. Nicht wahr, Alvar?«

Alvar schüttelt fast unmerklich den Kopf und zeichnet mit seiner Gabel Kringel in die Sauce.

Tea stützt die Ellbogen auf den Tisch. »Das hübscheste Mädchen der Schule geht in Alvars Klasse. Sie heißt Nadine.«

»Na, das klingt doch gut?«, sagt Cecilia zu mir.

Ich weiß, was sie vorhat. Sie möchte mir weismachen, dass Bokarp ganz toll ist. Aber ich bin schlau genug, um mir eine eigene Meinung zu bilden, und brauche niemanden, der mir erzählt, was ich wie finden soll.

»Ich finde es nicht so wichtig, hübsch zu sein«, sage ich. »Humor ist wichtiger.«

Petras Miene hellt sich auf. »Genau! Der Charakter eines Menschen ist das Wichtige. Verstehst du, Tea?«

Tea nimmt ihren Teller und erhebt sich. Das mechanische Lächeln ist verschwunden. Sie ist natürlich enttäuscht, dass ich nicht die große Schwester bin, die sie sich erhofft hat.

»Du hast nicht gefragt, ob du ...«, sagt Mange.

»*Darf ich den Tisch verlassen?*«, fragt Tea etwas zu laut.

»Nein, denn jetzt ist Billie hier und ...«

»Ich finde, dass alle den Tisch verlassen dürfen«, sage ich. »Und zwar, sobald sie wollen, ohne zu fragen. Zu Hause sitzen wir selten am Tisch. Ich esse vor dem Fernseher oder im Bett.«

Tea sieht Petra an. »Isst sie im Bett?«

»Bei uns wird immer gefragt, ehe man den Tisch verlässt«, sagt Petra und tastet nach ihrer Halskette.

Ich sehe ein, dass diese Regel für diese Familie *sehr, sehr* wichtig ist.

»Darf ich den Tisch verlassen?«, frage ich.

Mange und Petra entscheiden, dass alle dürfen, weil ich gerade angekommen bin.

Ich lande neben Cecilia auf dem Sofa, während die anderen die Küche aufräumen. Ich höre Geschirr klappern, aber keine Stimmen. Wo es ihnen doch so wichtig war, während des Essens zu reden. Vielleicht geschah es nur meinetwegen?
Cecilia zupft an ihrem Armband und betrachtet einen Strauß Trockenblumen an der Wand. Ich glaube, sie überlegt, wie ich mich hier wohl einleben werde. Eigentlich will sie mich nicht zurücklassen. Nicht so schnell und nicht bei fremden Leuten. Aber da lässt sich nichts machen, es ist, wie es ist.
»Ich muss los«, sagt sie.
»Ist schon in Ordnung.«
»Ganz bestimmt?«
Ihr Blick saugt sich an meinem Gesicht fest. Ich versuche, Geborgenheit auszustrahlen. »Hundert pro.«
»Plötzlich eine neue Familie zu haben, das fällt niemandem leicht«, sagt sie fast unhörbar.
»Ich wohne hier ja nur vorübergehend.«
»Du weißt, dass du mich anrufen kannst. Jederzeit.«
»Und Mama. Ich kann Mama anrufen.«
»Ja.«
Eine Stunde später verabschieden wir uns an der Haustür. Ich schäme mich plötzlich dafür, dass ich mich am Bahnhof vor ihr versteckt habe. Cecilia kümmert sich um mich,

obwohl wir einander nicht nahestehen. Das ist in der Tat ziemlich anständig. Während ich sie umarme, brennen meine Augen ein bisschen. Nicht etwa, weil ich traurig bin, sondern weil ich Abschiede nicht mag. Ich weine immer, wenn die Leute im Film auseinandergehen, auch wenn es nicht die Hauptpersonen sind.

4

Ich habe meine Sachen ausgepackt, aber ich fühle mich in
dem Zimmer immer noch nicht zu Hause. Es ist viel zu
weiß und viel zu groß.
Also nehme ich die Tagesdecke ab und zerwühle die Bett-
wäsche. Dann verteile ich meine Toilettensachen unordent-
lich im Regal. Ich nehme die Gardinen runter und drapiere eine um die Deckenlampe, die andere breite ich wie ein
Tuch auf dem weißen Schreibtisch aus. Dann mache ich die
Lampe an, die einen roten Schein auf die Wände wirft. So
ist es gemütlicher. Aber der Kälte ist nicht beizukommen.
Bestimmt gewöhne ich mich daran. Bestimmt kann man
sich an alles gewöhnen. Es ist nur so, dass die Familie Persson in Bokarp so ganz anders lebt, als ich es bisher getan
habe. Für gewöhnlich rede ich nur mit einer Person, wenn
ich von der Schule nach Hause komme. Jetzt soll ich mit
vier Leuten zusammenleben, zu Abend essen und fernsehen. Sicherlich ist das für die meisten normal, aber was hilft
mir das?
Ich krieche unter die Decke, lege mir den Laptop auf den
Bauch und verbinde mich mit ihrem WLAN. Zurzeit schaue
ich mir vier Serien an. Am besten gefällt mir eine Krimi-

serie, die nicht nur von Verbrechen, sondern gleichermaßen vom Privatleben der Polizisten handelt. Am spannendsten ist es, wenn es in der Familie oder am Arbeitsplatz kriselt. Wenn sie sich darüber streiten, wer bestimmen soll, oder wenn sie weinen, weil ein Schurke ihren Kollegen umgebracht hat.

Mit Untreue kenne ich mich sehr gut aus: Manchmal kann man einfach nicht widerstehen. Man *muss* einfach mit jemandem ins Bett gehen, obwohl zu Hause ein Mann oder eine Frau wartet. Nachher kann es sein, dass man es wahnsinnig bereut.

Die Personen in den Fernsehserien sind mir sehr vertraut. Schließlich bin ich ja jetzt schon seit mehreren Staffeln dabei. Ich weiß genau, wer das Richtige tun wird und wer immer alles falsch macht. Und ich weiß auch, warum einer seine Familie immer wieder im Stich lässt. Seine Eltern haben ihn verlassen, als er noch klein war, kein Wunder also, dass er sich nicht auf andere Leute einlässt. Ich bin immer auf seiner Seite. Man spürt, wie sehr er zu kämpfen hat.

Mitten in einer Liebesszene, als sie fast alle Kleider losgeworden sind, klopft es an der Tür. Mange streckt den Kopf herein. »Das ist aber gemütlich hier drinnen. Gute Idee mit der Gardine ... auf der Lampe.«

Ich lächle und schaue wieder auf den Bildschirm, damit er kapiert, dass ich meine Ruhe haben will.

»Was machst du?«

»Ich schau mir nur was an.«

»Jetzt?«

Er wirft einen Blick über seine Schulter und flüstert mit jemandem. Dann dreht er sich wieder zu mir um. Macht einen unsicheren Schritt ins Zimmer. »Aber … ist es nicht ziemlich spät?«

»Wieso?«

»Morgen ist ein Schultag.«

Mich schaudert. Allein bei dem Gedanken, dass er allen Ernstes meint, ich solle schon um neun ins Bett gehen, möchte ich am liebsten aus dem Fenster springen und nach Hause laufen. Jetzt geht die Tür ganz auf, und Petra erscheint auf der Schwelle.

»Wochentags macht Alvar das Licht immer um neun aus, und wir fänden es natürlich gut, wenn du das auch tätest.« Ihre Stimme klingt entschieden, ihre Miene ist angespannt. Einen Moment lang könnte man sich beinahe vor ihr fürchten.

»Aber am ersten Abend kann es schon mal halb zehn werden«, sagt Mange.

»Aber …«, wendet Petra ein.

»Ich skype gleich mit Mama«, sage ich.

»Viertel vor zehn. Spätestens.«

Seit Jahren gehe ich nicht mehr vor zehn ins Bett, und ich weiß, dass ich noch viele Stunden wach sein werde.

»Das kann ich nicht«, antworte ich.

Ich sehe, wie sie ins Schwitzen kommen.

»Wie meinst du das?«, fragt Mange.

»Ich muss noch mehrere Folgen meiner Serie nachholen.«
Petra macht noch einen Schritt nach vorne. »So geht das nicht ...«

»Warum nicht?«

Ich weiche ihrem Blick nicht aus. Wenn ich jetzt nachgebe, weiß ich nicht, was die sich sonst noch alles einfallen lassen. Mange streicht sich mehrmals übers Kinn. »Wir müssen es behutsam angehen. Mit kleinen Schritten.« Petra sieht ihn erstaunt an. »Ah ja?«

»So viele neue Regeln, das kann nicht so einfach sein.«

»Regeln sind nicht mein Ding«, sage ich.

Petra zuckt zusammen. In der nächsten Sekunde lächelt sie. Aber das Lächeln wirkt nicht ganz echt.

Nachdem sie gegangen sind, bleibe ich mit einem unguten Gefühl in der Magengegend zurück. Ich überlege mir, was wohl unter ihren »Regeln« zu verstehen ist. Erwarten sie etwa, dass ich immer alles mache, was sie mir vorschreiben? Dass ich genauso ruhig und wohlerzogen bin wie dieser Alvar? Bilden sie sich möglicherweise ein, dass ich mich in ein ganz normales Bokarpskind verwandeln kann?

Ich drücke wieder auf Play. Die Liebesszene geht zu Ende, und dann gibt es Terror in einem Warenhaus. Obwohl es spannend ist, habe ich Mühe, mich zu konzentrieren. Da ist immer noch dieses Gefühl im Magen, dass es hier vielleicht nicht so einfach werden wird.

Um halb zehn schalte ich Skype ein. Die Pflegerin ist inzwischen gegangen, und Mama liegt im Bett. Auf dem Bildschirm scheint sie kein Kinn zu haben. Ihr Gesicht zerläuft wie ein Klumpen Lehm. Ich frage sie, wie es ihr geht und ob sie ihre Medizin genommen hat, aber sie antwortet nicht, sondern möchte nur über mich sprechen. Ich erzähle alles, was mir zur Familie Persson einfällt.

»Es ist, als wär' ich im falschen Film.«

»Vielleicht, weil du nicht weißt, wie es in einer normalen Familie so läuft.«

»Kann sein«, antworte ich. »Jedenfalls scheint es mir unmöglich, hier jemals hineinzupassen.«

»Dann musst du dich halt ein wenig verstellen. Deinetwegen, meine ich.«

Ich erinnere mich an die vielen Male, als sich meine Mutter *nicht verstellte*. Manchmal ging's gut, meistens aber nicht. Die meisten Leute mögen sie nicht, und sie mag die meisten Leute nicht. Sie verhält sich nicht wie erwünscht. Sie isst ungesund und schläft zu wenig, wird immer steifer und steifer, dicker und dicker, wie gut ihr die Ärzte auch zureden (einmal, als wir in der Stadt unterwegs waren, ist sogar der Rollstuhl unter ihr zusammengebrochen). Seit einigen Jahren sieht sie immer schlechter. Zuletzt musste ich die meisten Dinge zu Hause erledigen. Die Pfleger schlugen Alarm. Sie fanden, Mama könne sich nicht mehr um mich kümmern.

»Wir sind unterschiedlich, du und ich«, sagt Mama. »Mich kann man nicht mehr verändern. Kinder sind da viel flexibler.«

Ich durchbohre sie mit meinem Blick, damit sie mich auch wirklich versteht.

»Dann müssen wir uns halt beide verändern. Du musst zum Beispiel deine Medizin nehmen.«

Mama wirft mir einen beleidigten Blick zu. »Das weiß ich auch so.«

»Wenn du dich nicht zusammenreißt, darf ich nie wieder nach Hause. Kapierst du das denn nicht?«

Mama schaut auf die Bettdecke. Ich weiß, wie sie ist, wenn man ihr mit Forderungen kommt. Sie wehrt sich mit Händen und Füßen. Nach wenigen Sekunden blickt sie auf.

»Ich werde mir Mühe geben, das verspreche ich.«

Ich kann natürlich nicht schlafen. Obwohl ich das Zimmer umgeräumt habe, fühle ich mich hier nicht zu Hause. Ich stehe leise auf und gehe aufs Klo. Ich betrachte Teas und Alvars Zahnbürsten und rieche an der Seife, die die Form einer Muschel hat. Sie ist so schön, dass man sich gar nicht damit waschen möchte. Alles hier drinnen ist in Hellgelb gehalten, sowohl die Fliesen als auch die Handtücher. In einem Regal liegen Handtücher der gleichen Farbe fein säuberlich gefaltet. Kein Körnchen Staub ist zu sehen, kein Schmutz im Waschbecken und auch keine Zahncremespritzer auf dem Spiegel. Ich setze mich auf die eisige Klobrille. Meine Füße auf dem weiß gefliesten Boden sehen einsam aus. Bei Olga aus meiner Klasse ist der Fußboden im Badezimmer warm. Das liebe ich.

Wieder in meinem Zimmer, stelle ich mich ans Fenster. Zuerst erkenne ich nur Bäume und Gras, das Gartenhäuschen und eine Ecke des Nachbardaches. Dann sehe ich noch etwas. Petra steht in einer Ecke des Gartens und gießt ein kleines, zartes Bäumchen. Sie trägt eine weite Trainingshose und ein T-Shirt. Ihr helles Haar flattert im Wind. Inzwischen ist die Gießkanne leer. Aber sie bleibt regungslos stehen und starrt das Bäumchen an.

Ich bekomme keine Luft mehr.

5

Wir haben gerade Joghurt, Müsli und selbst gebackenes Vollkornbrot gegessen. Weil ich mich anpassen wollte, habe ich gesagt, dass ich Müsli sehr mag, was gar nicht stimmt. Es sieht staubig aus und schmeckt auch so. Ich konnte nur noch an Toast mit Marmelade denken. Auf dem Tisch lag eine Tageszeitung, in der sie reihum blätterten. Ich frage mich, warum sie das nicht mit dem Handy oder auf dem Tablet tun. Petra hat auf Artikel hingewiesen, über die sie sprechen wollte, zum Beispiel die aktuellen Ereignisse in Israel. Das Diskutieren hat Spaß gemacht. Ich habe Fragen über Israel gestellt, und sie hat erzählt, dass es früher einmal ein Land gab, das Palästina hieß und den Juden nach dem Zweiten Weltkrieg überlassen wurde. Daraufhin gab es dann Ärger mit den Menschen, die bereits dort lebten. Diese Dinge waren mir ganz neu, was ich ihr auch gesagt habe. Und dass ich es vollkommen verrückt fände, dass immer noch darüber gestritten wird.

»Warum können die Randalierer nicht einfach zum Wegziehen gezwungen werden?«

»Und wie soll das gehen?«, fragt Petra.

»Mit Waffen«, sage ich.

Petra sieht mich streng an. »Waffen lösen keine Probleme, Billie.«

»Das stimmt natürlich.«

Petra schenkt mir Saft nach. »Wenn die Leute miteinander reden, dann ist schon viel gewonnen.«

Sie haben alle so gute Manieren. Keiner beugt sich über den Tisch, alle helfen beim Abräumen. Sind sie immer so höflich?, grübele ich. Stehen die Kinder etwa immer wie auf ein Kommando auf, um rechtzeitig vor der Schule ihre Zähne zu putzen?

Ich schiele zu Alvar hinüber. Er trägt Jeans und eine gewöhnliche blaue Jacke. Der Rucksack sitzt ordentlich auf seinem Rücken. Behutsam setzt er einen Fuß vor den anderen. Sein ganzer Körper wirkt angespannt. Wachs scheint nicht sein Ding zu sein. Die Haare liegen flach wie ein Helm auf seinem Kopf. Die Stirnfransen hängen ihm tief in die Augen, und er muss sie immer wieder mit einer Kopfbewegung beiseiteschütteln. Diese Angewohnheit ist recht süß. Womit ich nicht sagen will, dass Alvar süß ist. Aber die Kopfbewegung versöhnt mich ein wenig mit seiner sonst so lahmen Art.

Alvar ist ein Junge, der mir normalerweise nicht auffallen würde. Dazu sieht er viel zu trist aus. Gleichzeitig wirkt er nicht tragisch genug, um meine Neugierde zu wecken.

Mange ist schon früher gegangen, weil sein Unterricht bereits um 8.10 Uhr begann. Ich möchte Alvar fragen, ob es nervt, dass sein Vater an seiner Schule Sportlehrer ist, aber das erscheint mir noch etwas zu früh. Alvar hat ja noch kaum mit mir gesprochen. Selbst wenn ich Witze mache, bleibt er ernst. Vielleicht haben sie in Bokarp einen anderen Humor? Ich beschließe, ganz gewöhnliche Fragen zu stellen.

»Gehst du gerne in die Schule?«

»Was?«

»*Gehst du gerne in die Schule?*«

Diffuses Gemurmel.

»Was macht ihr normalerweise in der Pause?«

Gemurmel. Räuspern.

»Was hast du gesagt?«

Keine Antwort.

»Ihr spielt Fußball, oder?«

»Manchmal.«

»Wie heißen deine Freunde?«

Stille.

»Hast du Freunde?«

»Ja.«

»Wie heißen die?«

»Äh ...«

Wir gehen an vielen Häusern vorbei, die fast genauso aussehen wie das der Familie Persson. Danach kommen länglichere Häuser, dann ein langweiliger Ziegelbau und noch ein langweiliger Ziegelbau. Abgesehen von den Schulkindern sind nicht sonderlich viele Leute unterwegs. Ab und zu, aber nicht sehr oft, fährt ein Auto vorbei.

»Wo sind denn alle?«, frage ich.

»Wer?«

Im nächsten Moment sind wir da.

Die Schule besteht aus drei niedrigen Gebäuden, die den Schulhof wie ein U umschließen.

Alles hier sieht so winzig aus, dass ich gleich wieder umkehren will. Meine Schule zu Hause hat achthundert Schüler. Hier ist kaum Platz für mehr als hundert Schüler, wenn überhaupt. Natürlich war mir klar, dass Bokarp anders als Stockholm sein würde, aber das hier ist ganz schön deprimierend.

Alvar und ich betreten den Schulhof. Hier und da stehen die Schüler in Grüppchen herum. Sobald wir uns nähern, drehen sie sich um und starren uns an. Bin ich etwa so interessant? Vielleicht. Ich spüre ein Kribbeln im Körper, das eigentlich nicht unangenehm ist.

»Hallo«, sage ich.

Sie tauschen Blicke aus, als hätte ich sie in einer Fremdsprache angeredet.

Die Kinder sehen so ähnlich aus wie die zu Hause. Es sind die gleichen Kleider und Frisuren. Und auch hier scheinen sich manche Mädchen mit ihrer Schminke und ihren kurzen Tops für fünfzehnjährig zu halten. Alvar und ich gehen Korridore entlang, in denen Schülerplakate, Landkarten und Zeichnungen an den Wänden hängen. Überall drehen sich die Leute nach uns um. Allmählich fühle ich mich wie ein Popstar. In meiner alten Schule bin ich nichts Besonderes. Kein Mensch tuschelt über mich. Niemand findet mich so interessant.

»Ihr habt wohl nicht so oft neue Schüler, oder?«

Alvar schüttelt den Kopf und bleibt vor einer Tür stehen. Alle anderen, die dort warten, hören sofort auf zu reden.

»Wer ist das denn?«

Das Mädchen ist dunkelhaarig und trägt enge Jeans und eine kurze Jacke.

»Billie«, murmelt Alvar.

»*Billie?*«

»Ja«, sage ich. »Michael Jackson ist der Lieblingssänger meiner Mutter. Also hat sie mich nach ›Billie Jean‹ benannt.«

Das Mädchen unterdrückt ein Kichern, aber es klingt nicht gemein.

»Okay ...«

»Ist das echt dein Haar?«, fragt jemand anderes.

»Ja, wessen Haar soll es denn sonst sein?«

Die Dunkelhaarige lacht kurz auf. Sie hat ein Lächeln, das einen glücklich stimmt, Grübchen und ganz viele Zähne.

Um zu beweisen, dass ich es nicht überheblich meine, halte ich eine meiner Dreadlocks hin. Ein Typ mit hochnäsigem Blick wagt sich vor, um sie zu befühlen, zieht dann aber schnell die Hand zurück.

»Oh, krass!«

»Ja, was denn?«, fragt die Dunkelhaarige.

»Eklig.«

»Wie geht das mit dem Kämmen?«

Ich antworte so höflich wie möglich und bemühe mich, ihnen alles zu erklären. Allmählich wagen sie sich näher heran und stellen weitere Fragen. Sie können kaum glauben, dass es echtes Haar ist, weil die Filzlocken so hart sind. Zuletzt bin ich von lauter Leuten umringt, die meine Dreads anfassen wollen.

»Also, das kann kein echtes Haar sein ... Sind das wirklich *Haare?*«

Ich kann es nicht fassen, dass meine Haare *so* spannend sein sollen, aber ich mache hundertprozentig mit.

»Aber was machst du eigentlich hier?«, fragt die Dunkelhaarige schließlich.

In diesem Augenblick fällt mir auf, dass ich Alvar vollkommen vergessen habe. Niemand weiß bislang, dass wir zusammengehören. Jetzt warte ich, bis er die Frage beantwortet.

»Sie wohnt bei uns«, sagt er so leise, dass es fast nicht zu hören ist.

Gleichzeitig errötet er so sehr, dass es wirklich niemandem entgehen kann. Er tut mir schrecklich leid. Ich konnte ja nicht wissen, dass er es *so* anstrengend findet. Vielleicht hat ihm ja schon wochenlang vor diesem Tag gegraust, und schon der Gedanke daran, mit mir hierhergehen zu müssen, bereitete ihm Atemnot und üble Albträume. Ja, ganz bestimmt hat ihm das Leben bislang nichts Schlimmeres beschert als genau diese Situation.

Die Dunkelhaarige zieht die Augenbrauen hoch. »Warum wohnt sie bei dir?«

Alvar öffnet den Mund, aber kein Laut kommt über seine Lippen. Er steht einfach da, während ihn alle anstarren. Die Panik ist ihm deutlich an den Augen abzulesen. Da wird mir auf einmal klar, dass er nicht weiß, was er über mich erzählen darf. Er schweigt meinetwegen.

»Ich wohne als Pflegekind bei Alvar und seiner Familie. Aber das ist nur vorübergehend.«

Die Augen um uns herum werden immer größer. Den fünfzehn bis zwanzig Kindern ist deutlich anzusehen, dass sie gerne mehr erfahren würden.

»*Pflegekind?*«, sagt ein Mädchen.

»Das ist, wenn man nicht bei den Eltern wohnen bleiben kann und zu anderen Leuten ziehen muss. Meine Mutter kann sich nicht richtig um mich kümmern, findet das Jugendamt.«

»Warum denn nicht?«

»Weil sie eine Krankheit hat, die MS heißt, und deswegen im Rollstuhl sitzt.«

Ich verschweige, dass sie sehr dick, müde, traurig und unpünktlich ist, dass sie nicht kochen kann und nichts auf die Reihe kriegt.

Ich merke, dass die Leute um mich herum verunsichert sind. Ihnen ist unbehaglich zumute und sie kichern, aber nicht gemein, wie mir scheint.

»Du kennst Alvar also gar nicht?«

»Ich habe ihn gestern zum ersten Mal getroffen«, antworte ich, »aber wir lernen uns sicher schnell näher kennen, weil wir ja im gleichen Haus wohnen.«

Ein Pfiff ertönt. Alvar schaut zu Boden. Sein Nacken ist so rot, als hätte er sich verbrannt.

»Aber ich bin ja nicht wegen Alvar hier«, füge ich hinzu. Schließlich sollen sie nicht denken, dass ich nur mit ihm zusammen sein möchte.

»Du kannst neben mir sitzen, Filippa ist nämlich krank«, sagt das dunkelhaarige Mädchen. »Ich heiße übrigens Evin.«

Ich nicke. Im nächsten Moment erscheint die Lehrerin. Sie hat ein Piercing in der Nase und knallrotes Haar.

»Bist du Billie?«

Ich nicke. Die Lehrerin streckt mir ihre Hand entgegen.

»Ich heiße Roya.«

So habe ich mir die Lehrer in Bokarp eigentlich nicht vorgestellt. Enttäuscht bin ich jedenfalls nicht. Jetzt schließt sie die Tür auf, und ich folge Evin ins Klassenzimmer. Zwei Jungen rempeln sich an. Der freche Kerl, der als Erster mein Haar angefasst hat, sagt zu dem anderen, dass er die Klappe halten soll.

»So drücken wir uns hier nicht aus, Douglas.«

Nachdem ich mich hingesetzt habe, beobachte ich die Klasse insgeheim. Zum Glück sehen die meisten nett aus. Bokarp hätte ja auch ein Ort sein können, an dem sich Leute danach sehnen, Neuankömmlinge zu quälen. Mobbing ist mir aus Büchern und dem Fernsehen ein Begriff. Mit dem Kopf in die Kloschüssel gedrückt zu werden, das kann nicht sonderlich lustig sein. Wenn jemand hier auf solche Ideen käme, dann bestimmt dieser Douglas und sein tollpatschiger Freund. Ich versuche die beiden auszublenden, was mir wirklich schwerfällt, weil Douglas wie ein Wahnsinniger zu mir herüberglotzt.

Roya redet darüber, wie wunderbar es doch sei, dass ich in diese Klasse gekommen bin, und ich lächle so viel, dass mein Kiefer schmerzt. Evin flüstert mir geheimnisvoll zu, dass Roya nicht wie alle anderen sei. Ich wüsste gerne, was an ihr nicht stimmt, erinnere mich aber daran, was Mama und ich abgemacht haben.

Die Stunde beginnt mit dem Thema Vulkane. Die Lehrerin sagt, dass wir die Bücher zur Hand nehmen sollen, was Evin mit einer hässlichen Grimasse quittiert, die mich zum Lachen bringt. Während des Unterrichts bin ich vollauf damit beschäftigt, mir Geschichten über meine neuen Klassenkameraden auszudenken, wie sie sind und woher sie kommen. Ein Mädchen hat lange braune Haare und ein so puppenhaftes Gesicht, wie ich es noch nie zuvor gesehen habe. Ich könnte wetten, dass sie Nadine heißt und das hübscheste Mädchen der Schule ist. Ein Junge hinter ihr piekst ihr mit einem Stift in den Rücken. Sobald sie sich umdreht, setzt er eine unschuldige Miene auf. Die Sitznachbarin flüstert ihr irgendwas ins Ohr. Aber Nadine schaut geradeaus und scheint ihr nicht zuzuhören.

»Sie glaubt, sie ist was Besonderes, weil ihr Vater in London lebt«, flüstert mir Evin ins Ohr.

»Und warum denkt sie das?«, flüstere ich zurück.

»Ja, weil ...«, Evin sieht mich verwundert an. »*London!*«

Ich tue, als würde ich verstehen, was sie meint. »Natürlich.«

»Mein Vater ist aus Kurdistan, aber das zählt irgendwie nicht.« Sie ahmt einen heftig gestikulierenden Mann mit gebrochenem Schwedisch nach. »Evin, was ist Tischtennis. Auf kleinen, lächerlichen Ball hauen? Oder?«

In der Pause hängt sich Evin bei mir ein, bevor sich Alvar überhaupt erhoben hat. Zuerst ist mir gar nicht klar, was sie da macht. Ich bin eigentlich nicht der Typ, der Arm in Arm mit den Freundinnen herumspaziert, aber das kann Evin natürlich nicht wissen. Sie kann ja nicht wissen, dass ich noch nie eine beste Freundin hatte und jeden Tag mit anderen Leute zusammen bin. Ein ganzes Gefolge von neugierigen Mädchen schiebt sich hinter uns auf den Schulhof. Evin erzählt von der alten Frau, die ihr auf dem Schulweg begegnet ist. Sie geht in Bokarp herum und spricht mit sich selbst. Evin ahmt ihre Stimme nach. Alle lachen. Ich würde gerne erzählen, dass ich auch manchmal mit mir selbst rede, aber ich bezweifle, dass die anderen dann lachen würden.

Alle bleiben wie auf ein Kommando bei den Bänken stehen, setzen sich hin, wo es gerade einen Platz gibt, und ziehen ihre Handys aus den Taschen.

»Kommst du wirklich aus Stockholm?«, fragt ein Mädchen namens Nicki.

»Ja.«

»Was macht man so in Stockholm?« Sie bemüht sich sichtlich, nicht *allzu* interessiert zu wirken.

»Vermutlich ungefähr die gleichen Dinge wie hier.«

»Als Mama dort war, ist ihr so ein Typ auf die Füße getreten,
ohne sich zu entschuldigen«, sagt ein anderes Mädchen.

»In Stockholm gibt es die unterschiedlichsten Menschen«,
antworte ich.

»Roya kommt auch aus der Gegend von Stockholm.« Evin
hat plötzlich etwas Schlaues im Blick. »Soll ich dir was erzählen?«

»Ja, was denn?«

Sie rutscht näher. Die anderen rutschen nach. Ich spüre ihren Atem in meinem Gesicht.

»Roya wohnt mit einer Frau zusammen«, flüstert Evin. »In
einem Haus auf dem Land. Mit Vendela, die den kleinen
Laden hat.«

»Und?«

Evin und die anderen rücken ein wenig ab. »Ja, kapierst du's
denn nicht?«

»Was denn?«

Sie kichern und verziehen ihre Gesichter. Mir ist schon
klar, dass sie es komisch finden, dass eine Frau in eine
Frau verliebt ist. Aber ich weigere mich einfach, über solche Dinge zu lästern. Eine in meiner Klasse in Stockholm
hat zwei Mütter und zwei Väter. Und in meinem Haus
wohnt ein Typ, der ist schwul. Manchmal erzählt er von
Kneipen, in denen sich die Homosexuellen treffen. Wenn

da einer reinkommt, der hetero ist, dann fühlt sich der wie ein Außenseiter.

Fast hätte ich über die Sache mit Roya gesagt »ist doch egal«, aber das ist wahrscheinlich nicht die angesagte Reaktion. Außerdem soll ich ja versuchen, mich anzupassen.

»Natürlich weiß ich, was ihr meint«, erwidere ich. »Dass sie lesbisch ist.«

Evin nickt eifrig. Ihre Gesichter rücken wieder näher und sie tuscheln über Roya und ihre Freundin weiter. Mein Blick schweift zu den Fußball spielenden Jungs ab. Neben einer Bank steht einer ganz allein und schaut den anderen zu. Alvar.

6

Nach der Schule erkundigt sich Evin, ob ich sie nach Hause begleiten wolle, aber ich ahne, dass die Familie Persson das nicht unbedingt gut finden würde. Also renne ich stattdessen Alvar hinterher. Ich stelle ein paar Fragen über die Klasse, aber es ist ihm anzumerken, dass er nicht reden will. Irgendwie kann ich spüren, was ihn beschäftigt: dass mir an einem Tag gelungen ist, was er in fünf Jahren nicht geschafft hat, nämlich Freunde zu finden. Ich gebe zu, das ist ungerecht. Gleichzeitig denke ich, wie soll man sich mit jemandem anfreunden, der nur zu Boden starrt?

Zu fremden Leuten nach Hause zu kommen ist nicht ganz einfach. Ich weiß ja nicht so recht, wie ich mich verhalten soll und ob ich mich einfach aufs Sofa werfen darf. Beinahe sofort habe ich wieder dieses Gefühl, dass irgendetwas nicht stimmt. Ich rede mir ein, dass es an mir liegt, schließlich habe ich mein ganzes Leben lang mit einem behinderten Menschen zusammengelebt, nie mit normalen Leuten.

Es stellt sich heraus, dass Petra meinetwegen früher nach Hause gekommen ist. Sie hat sogar Scones gebacken, die warm unter einem Tuch im Brotkorb liegen. Ich habe Durst und nehme mir ein Glas aus dem Abtropfgestell. Petra deutet auf einige Haken an der Wand, an denen drei Plastik-Trinkkellen in verschiedenen Farben hängen.

»Ich habe eine Kelle für dich aufgehängt«, sagt sie.

Ich werfe ihr einen fragenden Blick zu.

»Die rote ist Alvars, die blaue Teas. Die grüne ist für dich.«

Ich verstehe immer noch nicht, was sie meint.

»Es gibt so viel zu spülen, wenn man jedes Mal ein neues Glas nimmt«, erklärt sie. »Da ist es besser, jeder hat seine eigene Kelle.«

Die Sache ist so erstaunlich, dass mir die Worte fehlen. Ich nehme die grüne Kelle und fülle sie mit Wasser.

Wir nehmen am Küchentisch Platz. Petra sitzt ganz vorne auf der Stuhlkante. Sie isst keine Scones, sondern schaut mich nur an und fingert an ihrer Halskette herum. Es ist kalt und vollkommen still. Hier ist es immer so still. Nur die tickende Wanduhr und Vogelgezwitscher sind zu hören. Zu Hause braust der Verkehr auf einer befahrenen Straße vor dem Fenster. Rund um die Uhr hören wir hupende und bremsende Autos, Krankenwagen und Feuerwehrsirenen, Randalierer, die unterwegs von oder zu einem Fußballspiel krakeelen, oder Leute, die einfach nur betrunken herumlärmen. Aber hier: Stille.

Petra erkundigt sich mehrmals, wie es in der Schule war. Ich antworte jeweils, dass alle sehr nett zu mir waren. Mitten in einem Satz wendet sie sich an Alvar und sieht ihn streng an.

»Nicht so viel Butter!«

Gehorsam kratzt Alvar die halbe Menge wieder runter.

»Ich liebe Butter!«, erkläre ich. »Als ich kleiner war, habe ich sie sogar mit dem Löffel gegessen.«

Alvar wirft mir einen nervösen Blick zu. Vielleicht hat er ja Angst vor Petras Missbilligung. Aber sie schweigt. Ich lege zwei Scones auf meinen Teller.

»Nur eins auf einmal!«

Nach den Scones verkündet sie, dass wir jetzt spazieren gehen.

Alvar macht sich dünne, ehe sie ihn fragen kann, ob er mitkommen will. Durch das Fenster sehe ich ihn in seinen Gummiclogs über den Rasen huschen und in einem kleinen roten Häuschen verschwinden, das in einiger Entfernung neben einem gigantischen Apfelbaum steht.

»Was hat er vor?«

Petra scheint meine Frage nicht zu verstehen.

»Was macht Alvar in dem Häuschen?«, frage ich nochmals.

»Tja ...«, sie zuckt gedankenverloren mit den Schultern, »Alvar werkelt gerne alleine vor sich hin.«

Ich verspüre eine unbändige Lust, ihm nachzurennen und ihn zu stören.

Petra und ich spazieren durch das Viertel mit den identischen Häusern. Sie scheint zu frösteln und bewegt sich steif und mit hochgezogenen Schultern. Irgendetwas geschieht mit ihrem Gesicht, wenn sie denkt, dass niemand sie anschaut. Dann blicken ihre Augen traurig, und sie runzelt die

Stirn. Jetzt aber sieht sie mich an, deutet auf ein Haus und erzählt, dass die Frau, die dort wohnt, in der Garage einen Frisiersalon betreibt.

»Im Auto?«, frage ich.

Petra lacht kurz auf. »Nein, das Auto steht draußen.«

Nachdem wir das Viertel verlassen haben, deutet sie auf ein gelbes Ziegelgebäude. »Das ist unser Gemeindehaus. Dort finden verschiedene Veranstaltungen statt. Kaffeekränzchen nach dem Sonntagsgottesdienst. Kulturelle Aktivitäten.«

Petra tut mir ein bisschen leid. Bestimmt trifft sie vor allem Leute, die nicht wirklich gläubig sind, sondern einfach nur aus Gewohnheit in die Kirche gehen. »Kommen die Leute?«, erkundige ich mich. »Zu euren Treffen?«

»Oh ja, viele.«

»Ältere Leute?«

Petra nickt widerwillig. »Ja, vermutlich sind es vor allem ältere Leute. Aber wir haben auch einen Jugendkreis. Und natürlich den Gospelchor.«

»Ich kenne niemanden, der an Gott glaubt.«

»Vielleicht reden sie nur einfach nicht darüber.«

»Nein«, erwidere ich. »Heutzutage ist man nicht gläubig.«

»Vieles wird von Trends bestimmt, Gott aber nicht.« Petras Stimme klingt sehr bestimmt.

»Jedenfalls glaubt doch niemand im Ernst, dass er einen Menschen aus einer Rippe erschaffen hat?«

Sie öffnet den Mund, aber ich komme ihr zuvor, damit sie

54

sich nicht verteidigen muss. »Für die Leute, die ihn haben wollen, ist es sehr gut, dass es Gott gibt. Auch wenn es nicht so viele sind.«

Petra lächelt ganz kurz und erklärt, dass wir jetzt gleich den schönen Marktplatz im Ortskern erreichen. Ich trotte gehorsam neben ihr her. Die wenigen Leute, denen wir begegnen, grüßen Petra und betrachten mich neugierig. Ich frage mich, was sie wohl denken. Vielleicht, dass ich eine Verwandte bin. Oder eine arme Seele, um die sich Petra kümmert? Das stimmt ja auch.

Die Straßen sind fast leer, wie an einem Sonntag im Vorort oder am heißesten Tag des Sommers in der Stadt. Hier riecht es ganz anders als zu Hause. Eigentlich riecht es überhaupt nicht. Die Menschen, die hier leben, finden Abgase sicher ganz abscheulich. Bei mir ist es fast umgekehrt. Abgase sind seit meiner Geburt ein Teil meines Lebens, und darum habe ich das Gefühl, dass mir jetzt etwas fehlt.

Die Sonne versteckt sich hinter den Wolken. Es ist zum Sterben langweilig. Die Straße, die wir entlanggehen, ist eine Seitenstraße. Wenn ich näher darüber nachdenke, habe ich das Gefühl, dass dieser Ort nur aus Seitenstraßen besteht. Petra zeigt mir die Turnhalle, in der Tischtennis trainiert wird und Meisterschaften stattfinden. Bald wird dort ein besonders großes Turnier veranstaltet. Dann kommen Leute aus der ganzen Region. Petra erzählt, dass es das Ereignis des Jahres ist, bei dem alle Dorfbewohner mitmachen. »Hier ist es.«

Erstaunt sehe ich mich um. Dies ist also der vielgerühmte Platz. In der Mitte steht die Metallskulptur eines Mädchens mit einem Blumenstrauß im Arm. Einige Menschen kommen mit Einkaufstüten aus dem Lebensmittelladen, ansonsten ist es auch hier so gut wie leer. Dabei habe ich auf viele Menschen gehofft. Ein entsetzliches Gefühl beschleicht mich.

»Dort liegt der große Supermarkt, da drüben die Pizzeria, und das hier ist tatsächlich ein Kleidergeschäft für Kinder und Erwachsene.«

Voller Eifer geht Petra auf ein niedriges Gebäude zu. »Und hier ist die Bibliothek. Sie wurde letztes Jahr renoviert und ist jetzt sehr einladend.«

Wir gehen hinein, und hier ist es ganz okay. Ein paar Regale mit Büchern darin und eine Ausleihtheke mit einer einsamen Frau dahinter. In einer Ecke sitzt eine Mutter mit einem Kind auf den Knien und liest ihm etwas vor. Die Stimmung ist so einschläfernd, dass ich unbedingt raus muss, sonst bin ich gleich richtig deprimiert.

»Wollen wir ein paar Bücher ausleihen?«, fragt Petra.

»Ich hab doch den Computer.«

Zwischen Petras Augenbrauen erscheint eine Falte. »Das ist doch etwas ganz anderes.«

»Mama will auch immer nur fernsehen«, sage ich. »Wir schauen zusammen Serien an. Manchmal verbringen wir das ganze Wochenende im Bett.«

Petra betrachtet mich mit ernstem Blick.

»Wir können ein andermal Bücher ausleihen«, ergänze ich. »Wenn ich alle neuen Eindrücke verarbeitet habe.«

Sie widerspricht mir nicht, und wenige Sekunden später stehen wir wieder auf dem Platz.

»Tja, das war Bokarp«, meint Petra.

»War das alles?«

»Nein ... es gibt noch eine Tankstelle und eine Fabrik, in der Klopapier, Binden und ähnliche Dinge hergestellt werden. Und dann gibt es ja noch die Kirche, aber die liegt am See, und bis dorthin ist es noch ein Stück. Es gibt natürlich auch noch ...«, sie seufzt tief, »einen Kiosk oben in Solkullen.«

»Da will ich hin.«

»Dort gibt es aber nichts zu sehen.«

Ihre Stimme klingt so schroff, dass meine Neugierde geweckt ist.

»Aber ich muss doch hinfinden, wenn ich am Samstag meine Süßigkeiten kaufe.«

Petra kann ja nicht wissen, dass ich die samstäglichen Süßigkeiten nur in der Theorie kenne. In meinem eigenen Leben hat es so etwas nie gegeben. Mama war es immer egal, wie viel Zucker ich zu mir nehme, weil sie selber so viel Süßes isst.

»Süßigkeiten gibt es im Supermarkt.«

»Ich will trotzdem zum Kiosk.«

Ich habe das sichere Gefühl, einer interessanten Sache auf der Spur zu sein.

»Du hast versprochen, mir Bokarp zu zeigen.«

»Ja, ja.«

Ich folge ihr auf einem Pfad, der sich zwischen den Bäumen hindurchschlängelt. Ab und zu betrachte ich Petra. Ihre Miene wird zusehends angespannter. Sie wirkt so gedankenverloren, als hätte sie mich vollkommen vergessen. Aber plötzlich erinnert sie sich wohl an mich und lächelt angestrengt.

Eine Ansammlung mehrstöckiger Häuser türmt sich in einiger Entfernung vor uns auf.

»*Das* ist Solkullen?«

Petra nickt. »Und dorthin darfst du *niemals* alleine gehen.«

»Warum nicht?«

»Es hat hier einige Probleme gegeben.«

Endlich wird's spannend. »Welche?«

Die Frage scheint Petra etwas unbehaglich zu sein. »Es war manchmal etwas chaotisch.«

»Wie chaotisch?«

»Einfach nicht so ruhig wie sonst hier im Ort.«

»Aber was ...?«

»Hauptsache, du weißt, dass du hier nicht ›abhängen‹ sollst. Nie.«

Wieder streng. Sowohl ihre Stimme als auch ihre Haltung verraten, wie ungern sie über Solkullen spricht.

»Was für ein Glück«, sage ich, um die Stimmung zu heben, »dass es nicht überall so ruhig ist. Ich habe mir ja fast schon Sorgen gemacht.«

Je näher wir Solkullen kommen, desto langsamer geht Petra. Die Farbe ist aus ihrem Gesicht verschwunden. Oder kommt es mir nur so vor? Unterwegs begegnen wir einem dunkelhaarigen Paar mit einem Kinderwagen.

»Petra!«

Die junge Frau läuft auf Petra zu und wirft sich in ihre Arme, dann ist der junge Mann an der Reihe. Petra scheint sich über die Begegnung zu freuen.

»Was machst du hier?«, fragt die junge Frau in ungelenkem Schwedisch.

Petra stellt mich vor und erklärt, dass ich den Kiosk sehen wollte. Die beiden geben mir die Hand und heißen mich in Bokarp willkommen.

»Wie geht es deiner Mutter?«, erkundigt sich Petra.

»Besser«, antwortet die junge Frau. »So ein Glück, dass du hilfst mit Arzt. Vielen Dank.«

»Was wir hätten ohne dich gemacht?«

»Wird sie bleiben dürfen?«

»Sie erfährt es bald.«

Petra legt der jungen Frau eine Hand auf den Arm. »Ihr könnt mich jederzeit anrufen.«

»Danke.«

Ich stehe daneben und sehe ein, dass ich dankbar sein müsste, weil mich die herzensgute Bokarper Pfarrerin bei sich aufgenommen hat.

Wir überqueren die von den hohen Häusern umschlossenen Innenhöfe. Hier sind mehr Menschen zu sehen als in der Stadt. Die Erwachsenen halten sich im Freien auf, um mit den Kindern zu spielen oder einfach nur ein wenig zu plaudern. In einiger Entfernung spielen ein paar kleine Jungen Fußball. Wenige Minuten später erreichen wir den ganz gewöhnlichen Kiosk. Einige Typen mit Mopeds stehen davor. Sie unterscheiden sich von den Jugendlichen in Stockholm, aber wie, ist schwer zu sagen. Vielleicht sind es ja nur die Mopeds.

»So«, sagt Petra. »Jetzt waren wir beim Kiosk.«

Ich betrachte eine alte, abgenutzte Parkbank, die mit eingeritzten Namen und Wörtern wie »Pimmel« übersät ist. Sicher auch etwas, was Petra an diesem Ort missfällt. Ich drehe mich zu ihr um und sehe, wie sie auf den Weg vor dem Kiosk starrt. Im nächsten Moment schreckt sie aus ihren Gedanken auf und ergreift meine Hand. »Nein, jetzt ist Zeit, umzukehren.«

Ich muss beinahe rennen, um mit ihr Schritt halten zu können. Wenn ich sie fragen würde, wieso sie auf einmal so komisch war, würde ich keine Antwort erhalten, solche Dinge weiß man einfach.

7

Tea erscheint nicht rechtzeitig zum Abendessen. Ihr Handy ist ausgeschaltet, also müssen Mange und Petra bei ihren Freunden und deren Eltern anrufen. Ihre Stimmen in der Küche werden immer schriller. Ich und Alvar sehen uns an. Es ist erst Viertel nach sechs, aber sie benehmen sich, als sei es bereits mitten in der Nacht.

»Du wusstest doch, dass ich mit Billie unterwegs sein würde«, sagt Petra. »Ich dachte natürlich, dass du die Dinge im Auge behältst.«

Petra wendet sich an mich, um mir zu erklären, dass sich Tea sonst nie so verhält. Fast immer kommt sie nach der Schule sofort nach Hause, und wenn sie sich mit einer Freundin verabredet, dann teilt sie das bereits am Tag davor mit. Dabei ist es mir vollkommen egal, dass sie sich verspätet. Ich wurde in meinem ganzen Leben noch nie zu einer bestimmten Zeit erwartet, aber das kann Petra natürlich nicht wissen. Ich verstehe nicht, warum das so tragisch sein soll. Was kann in Bokarp schon passieren?

»Vielleicht bummelt sie ja nur ein bisschen«, schlage ich vor.

Petra und Mange sehen mich verständnislos an.

»›Bummelt‹?«, wiederholt Mange. »Nein, das glaube ich wirklich nicht.«

»Alle wollen ab und zu alleine sein, um in Ruhe nachzudenken. Alle brauchen Zeit zum Philosophieren.«

Sie tun nicht einmal so, als ob sie mir zuhören würden.

Zu guter Letzt beschließen sie jedoch, dass wir mit dem Essen beginnen können. Ich setze mich auf meinen Platz am Rand. Mange lächelt gekünstelt. »Kein Grund, sich unnötig aufzuregen.«

Als ob sie das nicht schon längst getan hätten.

Mange hat eine vegetarische Lasagne mit Hüttenkäse und Erbsen zubereitet, die nach allem Möglichen, nur nicht nach Lasagne schmeckt. Ich sehne mich wahnsinnig nach Thai-Essen, werde aber nicht fragen, ob man das hier irgendwo bekommt.

Es gibt viele Dinge, die ich nicht fragen werde, beispielsweise, warum Mange immer so tun muss, als wüsste er alles. Gestern hat er uns alles über die Jagd erzählt, heute langweilt er uns mit der Spielstatistik irgendeiner Tischtennisliga. Er gleicht den lästigsten Jungs in meiner Klasse, die unbedingt auffallen wollen. Beinahe tut er mir ein wenig leid.

Während des Essens hören wir plötzlich, wie die Haustür geöffnet wird. Mange und Petra rennen in die Diele. Ihre aufgeregten Stimmen sind zu hören.

»*Wo* bist du nur gewesen, Tea? Antworte!«

Alvar sieht mich an und verzieht ganz, ganz leicht das Gesicht. Ich hoffe, dass er damit ausdrücken will, dass Mange und Petra übertreiben. Dann erscheint Tea in der Küche. Ihr Mund ist wie ein Strich. Mange und Petra fragen unentwegt, was sie gemacht hat und wo sie gewesen ist. Zuletzt kommt heraus, dass sie bei Fatima in Solkullen gewesen ist. Petra und Mange tauschen entsetzte Blicke aus.

Ich versuche mir einzureden, dass die Familie Persson normal ist. Normale Familien machen sich bestimmt so viele Sorgen. Normalen Familien sind Regeln wichtig. Man besucht keine Freunde, ohne die Eltern vorher zu fragen. Man kommt nicht zu spät zum Abendessen. Gleichzeitig sagt mir mein Gefühl, dass da etwas nicht stimmt. Warum hat Petra solche Angst vor Leuten, die in Solkullen wohnen? Wo sie doch zu allen, denen sie begegnet, so nett ist. Es wäre schrecklich, wenn ihre nette Art nicht echt, sondern nur gespielt wäre.

Nach dem Essen geht Tea in ihr Zimmer. Alvar fragt, ob er aufstehen darf, und geht ebenfalls. Ich folge ihm die Treppe hinauf. Nicht, dass es eine Rolle spielt, aber seine Jeans ist nicht besonders schick.

»Deine Eltern brauchen eine Therapie.«

»Therapie?«

»Ja, man spricht mit einem Experten über Gefühle.«

Alvar verzieht keine Miene.

»Wenn man über seine Gefühle spricht, kann man viel über sich selbst erfahren.«

»Was denn so?«

Plötzlich fällt mir ein, wie sich Mama beim Psychologen

daran erinnert hat, dass ihre Mutter nie ein nettes Wort an sie gerichtet hatte. »Warum man traurig ist, zum Beispiel. Da gibt es unzählige Möglichkeiten.«

Sein Blick schweift ab. Ich bilde mir ein, dass ich seine Gedanken angeregt habe. Aber vielleicht ist das auch nur Wunschdenken.

»Ich bin beim Psychologen gewesen«, fahre ich fort. »Mit ihm konnte ich über die schwierige Sache mit meiner Mutter reden. Das hat Spaß gemacht.«

»Spaß?«

»Ja, es macht Spaß, über sich selbst zu reden.«

Alvar staunt. »Echt?«

Ich nicke.

Er öffnet die Tür zu seinem Zimmer. Ich trete ein, obwohl er mich nicht darum gebeten hat.

Das Zimmer sieht wie ein ganz gewöhnliches Jungenzimmer aus. Es gibt ein Bett und einen Schreibtisch. An einem Haken hängen Medaillen, und im Regal steht ein Buch übers Angeln, das ihm sicher Mange zu Weihnachten geschenkt hat. Sonst nichts.

Ich und Alvar werden wohl nie beste Freunde. Alvar hat nichts durchgemacht. Er hat nie einen kritischen Gedanken gefasst, nie schallend gelacht, nie zu laut gesungen oder mit sich selbst geredet. Armer, armer Alvar, der nicht weiß, dass es anderes im Leben gibt als dieses kalte, aufgeräumte Haus und das langweilige, langweilige Bokarp!

»Bist du schon mal in Stockholm gewesen?«, frage ich ihn.

Er hat sich an seinen Schreibtisch gesetzt. »Nein, aber in Indien.«

Ich bin baff. »Indien?«

Alvar holt tief Luft. »Wir haben letztes Jahr eine große Reise gemacht. Die ganze Familie. Ich hatte sogar schulfrei.«

»Und, wie war's?«

Er sitzt so still da, dass man ihn nicht bemerken würde, wenn man blind wäre. »Man sitzt in einem Wagen hinter einem Mann, der Fahrrad fährt.«

Ich nicke, als hätte ich ihn verstanden. Obwohl ich noch nie im Ausland war.

»Was macht am Angeln so Spaß?«

Ich erwarte, dass er mir seine Angelruten vorführt und alles erzählt, was er über Hechte und Dorsche weiß. Aber nichts geschieht. Seine Miene ist so ernst, dass mir ganz mulmig wird.

»Ich weiß nicht, ob es mir Spaß macht.«

»Und was macht dir Spaß?«

»Nicht viel.«

Er kehrt mir den Rücken zu und startet sein Computerspiel. Die Finger bewegen sich über die Tastatur. Ich bleibe hinter ihm stehen.

»Aber was machst du da draußen? Im Gartenhäuschen?«

Seine Finger halten inne. Aber nur ganz kurz, dann huschen sie wieder über die Tasten. Einen Moment lang betrachte ich die Figuren, die sich in der Spielwelt gegenseitig umbringen, dann sage ich Tschüss und gehe auf mein Zimmer.

Meine alten Klassenkameraden haben sich gemeldet und wollen wissen, wie es mir geht. Ich schreibe, dass an der Familie Persson irgendwas faul ist. Sie meinen, dass ich vielleicht einfach noch nicht begriffen hätte, wie es in einer Familie so läuft. »Du bist nicht wie die anderen, Billie.« Ich bin nicht traurig, weil ich weiß, dass sie mich mögen. Wir haben schon so lange dieselbe Klasse besucht, dass sie fast wie Verwandte sind. Meine Freunde behaupten, dass ich die Einzige bin, die ihre Mutter nie um Erlaubnis bitten muss und die sich ihr Abendessen selber besorgt. »Am besten, du gewöhnst dich an die Regeln«, simsen sie. »Früher oder später müssen das alle.«

Beim Skypen mit Mama kriege ich beinahe einen Schock, weil sie so unförmig ist. In diesem Moment erkenne ich die wirkliche Gefahr, die von meinem Aufenthalt in Bokarp ausgeht. Was passiert, wenn sich meine Sicht auf die Dinge verändert, wenn ich mich an die Normalität so sehr gewöhne, dass mir mein gewöhnliches Leben verrückt erscheint? »Wenn ich nicht aufpasse, werde ich vielleicht wie die Leute hier«, sage ich.

Mama kratzt sich mit einem steifen Finger am Kopf.

»So schnell geht's nicht.«

»Stell dir vor, ich komme nach Hause und schimpfe mit dir, weil du so schlapp bist und die falschen Sachen isst.«

»Iii.«

Ich seufze. »Am Tisch hat jeder seinen festgelegten Platz. Es gibt zwei computerfreie Tage in der Woche. Nicht einmal

Mange und Petra dürfen dann ihre Laptops hervorholen. Die sind *voll* komisch.«

»Stimmt.«

»Und stell dir mal vor: Man darf nicht einfach ein Glas Wasser trinken, sondern muss dafür eine ganz bestimmte *Plastikkelle* verwenden, die an der Wand hängt.«

Mama bricht in schallendes Gelächter aus. Sie lacht so laut, dass ich den Computer leiser schalten muss. Da höre ich ein Geräusch hinter mir und drehe mich um. Petra steht in der Tür. Sie starrt auf den Bildschirm mit Mamas riesigem Gesicht.

»Eine *Kelle* ...? Mein Gott, ... verrückte Leute gibt's!«

Ich versuche Mama zu vermitteln, dass sie aufhören soll. *»Das ist gar nicht lustig*!«

Aber sie merkt nichts, sondern ist vollauf mit ihrem Gelächter beschäftigt. Ihr großer Busen wippt auf und ab. »Ha, ha, Billie, ha, ha, ha.«

Petra schließt behutsam die Tür. Mama schiebt ihr Gesicht näher an den Bildschirm.

»Arme Billie. Was sollen wir bloß machen?«

»Es muss dir einfach besser gehen, dann darf ich wieder nach Hause«, flüstere ich mit einem Kloß im Hals. »Cecilia hat ja gesagt, dass es nur ›vorübergehend‹ ist.«

»Dann musst du dich aber auch zusammenreißen, vergiss das nicht. Versuch, dich anzupassen.«

»Ja.« Zuletzt singe ich noch ein Michael-Jackson-Lied für Mama. »You are not alone. I am here with you. Though we're far apart. You're always in my heart.« Eigentlich singe ich ebenso sehr für mich wie für sie, ich singe, weil ich muss: *Du bist nicht allein. Ich bin bei dir. Obwohl wir weit voneinander entfernt sind, bist du immer in meinem Herzen.*

Ich küsse den Bildschirm und schalte aus.

Dann höre ich Petras Stimme aus dem Erdgeschoss: »Mach den Computer aus. Zwei Stunden sind um, Alvar!«

Ich öffne das Fenster, strecke den Kopf ins Freie und atme tief durch, bis sich meine Unruhe ein wenig gelegt hat. Plötzlich fällt mein Blick auf das Gartenhäuschen. Die Fenster sind erleuchtet. Gleichzeitig wird mir klar, dass Petra mit einem leeren Zimmer gesprochen hat. Ich lächle in mich hinein. Alvar lebt da draußen sein eigenes Leben. Das gibt mir Hoffnung.

In der Schule bin ich wie alle anderen. Ich lache, wenn jemand einen Witz macht. Ich sage gewöhnliche Dinge, trage gewöhnliche Kleider, esse gewöhnliche Portionen in der Mensa. Ich behaupte, dass auch ich Kartoffelklöße mag. Ich rede weder über coole Dinge in Stockholm noch über alle meine Fernsehserien. Vor allem hüte ich mich davor, etwas auf eigene Faust zu unternehmen. Man darf ja kaum aufs Klo gehen, ohne dass die anderen Mädchen wissen wollen, was man vorhat. Sobald man wieder rauskommt, steht schon jemand wartend vor der Tür. Wenn die bloß wüssten, dass ich manchmal so laut vor mich hin singe, dass die Leute mich für verrückt halten.

Alle scheinen sich zu freuen, dass ich jetzt in ihrer Klasse bin. Immer wieder beteuern sie, ich sei so hübsch und lustig. Mir wird ganz warm ums Herz, wenn sie solche Dinge sagen. Oder wenn sie darüber streiten, wer in der Schule neben mir sitzen darf. Ich habe fast den Eindruck, dass es hier vor meiner Ankunft ganz schön langweilig gewesen sein muss. Evin hat entschieden, dass ich »cool« bin. Und wenn Evin mich cool findet, dann tun das alle anderen auch. Sobald ich in der Schule auftauche, werde ich in die Clique einbezogen, in der immer mit gedämpfter Stimme gesprochen wird, damit die Umstehenden nichts hören. Flüsternd besprechen sie, was andere Leute gesagt, getan oder gesimst haben.

So viele Mitschüler wollen, dass ich nach der Schule zu ihnen nach Hause komme, dass wir eine Liste machen müssen. Evin ist als Erste an der Reihe. Arm in Arm ziehen wir nach der letzten Stunde los. Ich tue so, als würde mir Filippas unzufriedene Miene nicht auffallen. Evin sieht so froh aus, dass ich unbedingt singen muss. Ich entscheide mich für das Michael-Jackson-Lied »Man in the Mirror«, weil sie den Refrain beherrscht. Ich erkläre ihr, dass es davon handelt, dass sich die Dinge nur verändern, wenn man selber etwas unternimmt. Auf dem ganzen Heimweg singen wir »Man in the Mirror«. Und während wir singen, fällt mir auf, dass ich Bokarp so allmählich ins Herz schließe.

Evin wohnt in einer Wohnung in Solkullen. Sie scheint dies für die selbstverständlichste Sache auf der Welt zu halten. Wusst' ich's doch, dass es hier nicht so gefährlich ist, wie Petra meint. Der Spielplatz auf dem Hof sieht aus wie alle anderen auch, und die Leute sind wie viele Leute. Ich fühle mich wie zu Hause, obwohl ich erst zum zweiten Mal hier bin.

»Manche Menschen fürchten sich offenbar vor den Leuten, die in Solkullen wohnen«, sagt Evin.

»Und zwar wer?«

»Komische Menschen.«

Ich verschweige Evin, dass Petra dazugehört.

Die Wohnung hat drei Zimmer. Eines davon teilt sich Evin

mit ihrem kleinen Bruder. Ihre Eltern arbeiten beide in der Fabrik. Ihre Mutter ist heute zu Hause und bietet uns zuckrigen Tee an. Ich darf mir die beiden Kaninchen anschauen. Das eine heißt Ruff und gehört Evin, das andere gehört ihrem Bruder. Evin erzählt, dass sie Ruff in letzter Zeit vernachlässigt hätte. Manchmal hat sie deswegen ein so schlechtes Gewissen, dass sie mitten in der Nacht aufsteht und ihn ganz fest an sich drückt.

»Hoffentlich ist ihm nicht aufgefallen, dass ich mich weniger um ihn kümmere«, fügt sie hinzu.

»Wahrscheinlich nicht«, antworte ich. »Er weiß ja nicht, dass er die ganze Zeit umarmt werden könnte.«

»Doch, am Anfang habe ich mich andauernd um ihn gekümmert.«

»Aber ein bisschen Abwechslung ist nötig, sonst weiß man die Liebe nicht zu schätzen.«

Evin schaut mich an, als hätte sie noch nie so etwas Kluges gehört. »Danke.«

Evins Mutter heißt Leyla. Sie möchte wissen, warum ich nach Bokarp gezogen bin, und ich erzähle ihr von Mama und der Krankheit. Leyla hört mir zu, ohne mich zu unterbrechen, dann beschreibt sie, wie es war, als sie und Evins Vater hierhergezogen sind.

»Alle Leute kamen uns langweilig und schweigsam vor. Ich habe versucht, mich mit ihnen zu unterhalten, aber sie haben nicht geantwortet. ›Lachen die Schweden nie?‹, habe ich mich gefragt.«

»Und wie ging es weiter?«, frage ich.

»Ich liebe Solkullen«, antwortet sie. »Ich liebe auch meine Arbeit, aber ich träume immer noch von Stockholm.« Sie wendet sich an Evin und verzieht das Gesicht. »Aber meine Kinder sind so langweilig. Sie wollen keinesfalls umziehen.«

Evin ist anzusehen, dass es ihr nicht recht ist, wenn ich erfahre, dass sie zu den Leuten gehört, die gerne in Bokarp bleiben. Sie nimmt meinen Arm und zerrt mich aus der Küche, bevor ich ihrer Mutter weitere Fragen stellen kann. Im nächsten Augenblick fordert sie mich auf, sie zum Tischtennistraining zu begleiten, und holt Sportsachen für mich und ein Extrahandtuch hervor. Ich schicke Petra eine SMS, dass ich Evin in die Turnhalle begleite. Sie antwortet mir, dass ich danach mit Mange und Alvar nach Hause gehen soll.

Ich sitze auf Evins Gepäckträger, ein ganz neues Erlebnis. Ich kenne niemanden, der Fahrrad fährt. In der Stadt sitzt man nicht auf Gepäckträgern. Radeln ist in der Stadt gefährlich, hier aber nicht. Es herrscht kaum Verkehr. Evin beginnt »Man in the Mirror« zu singen. Ich stimme ein. Die Leute, an denen wir vorbeikommen, starren uns mit geöffnetem Mund an. Wir stellen das Fahrrad vor der Turnhalle ab. Evin hängt sich bei mir ein. Sie ist sichtlich stolz, mich dabeizuhaben.

Die ganze Schule scheint in der Halle versammelt zu sein. Mindestens meine halbe Klasse ist hier. Alvar auch. Seine Trainingskleidung ist zu klein, was mich ein wenig traurig stimmt. Manges Miene hellt sich auf, als er mich erblickt. »Wie schön, Billie. Das freut mich aber!«

Die Leute stellen sich an die Tische. Evin hat mir ihren Reserveschläger geliehen. Mange erklärt, dass wir jetzt Vorhand-Topspins üben. Ich weiß nicht, was »Vorhand« zu bedeuten hat, aber er erklärt es mir gerne. Es stellt sich heraus, dass wir im Hort immer Vorhand gespielt haben. Rückhand ist schwieriger, aber ich erhalte einige gute Tipps. Mange zeigt mir den Spin, aber das ist mir dann doch zu kompliziert.

Evin tritt gegen ein älteres Mädchen an. Sie spielen so schnell, dass ich den Ball kaum sehe. Mein Blick gleitet zu Alvar hinüber, der den Ball praktisch nur über das Netz schiebt. Seine Haltung ist steif, und am liebsten würde ich hinübergehen und ihn kräftig schütteln.

Mange bleibt neben Alvars Tisch stehen, um zuzuschauen. Das Lächeln verschwindet von seinen Lippen. Er unterbricht das Spiel, um zu zeigen, wie's gemacht wird. Alvar hört zu und versucht es nochmals. Aber ohne Erfolg.

Noch nie habe ich einen Gedanken an Tischtennis verschwendet, aber jetzt wünsche ich mir nichts sehnlicher, als dieses Spiel meisterhaft zu beherrschen. Ich möchte wie Evin aufschlagen können und mich wie die anderen auf das große Turnier in ein paar Wochen vorbereiten.

Auf dem Heimweg erkundige ich mich, welche Musik Alvar und Mange gefällt. Mange mag nur Hardrock. Wenn er von seinen Lieblingsbands redet, ist er kaum zu bremsen. Welche Musik Alvar gefällt, erfahre ich nicht.

Ich spiele jetzt auch Tischtennis. Ich habe Freunde. Ich habe eine neue Mutter, einen neuen Vater und neue Geschwister. Jeden Abend skype ich mit meiner richtigen Mutter. Ihr erzähle ich, dass alles bestens läuft, alle nett zu mir sind und dass ich mich eingelebt habe. Mama meint, das sei sehr gut, aber ich kenne sie zu gut und verstehe, dass sie enttäuscht ist. Dumme, kranke Mama. Sie kann die Eifersucht nicht unterdrücken. So ist es schon immer gewesen. Wenn mir gewisse Dinge gelingen, die sie nicht schafft, dann wird sie ganz still. Beim Skypen ist sie zusehends schweigsam. Ich befürchte, dass ihre Gelenke immer steifer werden und ihre Schmerzen zunehmen, obwohl sie nicht darüber spricht. Ihre Haare werden mit jedem Mal fettiger. Sie beklagt sich über die Pfleger, die schreckliches Essen kochen und nicht ordentlich putzen. Ich versuche, mir nicht allzu viele Sorgen zu machen. Aber wenn mir alles zu viel wird, schleiche ich mich aus dem Haus und durch den Garten in das nahe gelegene Wäldchen. Dort, zwischen den Bäumen, singe ich, was das Zeug hält, Lieder, die Mama und ich lieben, und schreie dabei beinahe, bis es mir wieder besser geht. Und wenn ich dann ins Haus zurückkehre, fühle ich mich leichter. Ich werde Tischtennis spielen. Zu meinen neuen Freunden nach Hause gehen. Müsli essen.

Alles wäre einfacher, wenn die Stimmung im Haus etwas entspannter wäre. Manchmal denke ich, dass die vier Familienmitglieder nicht zusammen, sondern jeder für sich in einer eigenen Welt leben. Tea hält sich meist in ihrem Zimmer hinter verschlossener Tür auf, und wenn sie herauskommt, trägt sie ein neues rosa Kleidungsstück. Alvar verbringt seine Zeit im Gartenhäuschen. Mange redet mit gekünstelter Stimme über Dinge, für die sich sonst niemand interessiert, und Petra geht unnahbar durchs Haus und entfernt Flecken von den weißen Wänden, bis sie plötzlich aus ihrer Trance erwacht, um etwas Strenges zu sagen. Und es wird immer kälter. Daran werde ich mich nie gewöhnen können.

Abends gießt Petra das kümmerliche Bäumchen, streut ein Pulver auf die Erde und gießt nochmals. Trotzdem scheint sich das Bäumchen nicht erholen zu wollen. Ich frage mich, warum sie nie zu Alvar in das Gartenhäuschen geht. Es ist doch nicht normal, sich mehr um ein Bäumchen als um einen Menschen zu kümmern?

Auf dem Weg zur Schule fasse ich mir ein Herz und frage ihn, was er abends dort draußen macht.

»Nichts.«

»Aber du gehst ja fast jeden Tag dorthin?«

Er sieht aus, als würde es ihn auf einmal überall jucken.

»Ich bin einfach gerne allein.«

»Ich auch.«

Er betrachtet mich erstaunt. »Bist *du* gerne allein?«

»Ja, aber ich habe mir vorgenommen, Freunde zu finden.« Alvar schaut zu Boden.

Ich bereue meine Worte wahnsinnig. Vielleicht hat ja Alvar auch versucht, Freundschaften zu schließen, und es ist ihm einfach nicht gelungen.

Jetzt kann ich jedenfalls nichts mehr zurücknehmen.

Während der Hausaufgaben am selben Nachmittag höre ich die Tür ins Schloss fallen. Ich eile zum Fenster und sehe ihn auf das Gartenhäuschen zugehen. Etwas später schleiche ich hinterher. Lautlos überquere ich den gelblichen Rasen und krieche dicht an der Wand zum Fenster. Ein rascher Atemzug, dann hoch mit dem Kopf und reingeschaut. Im ersten Moment glaube ich, jemand anderen vor mir zu sehen. Er sieht so fremd aus, und sein Blick ist lebhaft. Seine Hände bewegen sich, aber ich kann nicht erkennen, was er da macht.

Beim Abendessen will Mange ihn überreden, zum Training zu gehen. Alvar versucht, sich mit seiner schmerzenden Schulter herauszureden. Petra erhebt sich und holt den Küchenlappen. Dann wischt sie einen Saucenfleck neben Teas Teller weg. Tea hebt ihr Glas, damit Petra besser rankommt. Am liebsten würde ich schreien, aber stattdessen kommt mir ein Lied über die Lippen, »Scream« von Michael

Jackson. Alle Blicke richten sich auf mich. Ich singe weiter. Petra erhebt die Stimme und erklärt, dass bei Tisch nicht gesungen wird, aber ich kann einfach nicht aufhören.

10

Evin ist plötzlich der Meinung, dass die süße Nadine lügt.
»Kein Wort ist wahr.«
Wir stehen in der Pause neben den Schaukeln, dem Bereich
der Mädchen. Die Jungs versammeln sich bei den Fußball-
toren, selbst wenn sie nicht spielen. Ich überlege mir, was
wohl geschähe, wenn ich einfach bei den Toren Stellung be-
ziehen würde.
»Sie behauptet, dass sie einen Golden Retriever hat!«, fährt
Evin fort.
»Vielleicht stimmt das ja auch«, antworte ich.
Evin betrachtet mich erstaunt. »Und ihr Vater ist Mitglied
einer Rockband? Ganz sicher.«
»Sie ist ja eine *Mythomanin*!«, sagt Filippa.
»Wie's wohl bei ihr zu Hause aussieht, wo sie doch nie je-
manden mitnimmt?«, überlegt Nicki. »Vielleicht haben sie
ja Menschen in ihrem Keller eingesperrt!«
»Hör auf, das ist ja gruselig!«
Ich betrachte eine nach der anderen. Filippa steht dicht,
dicht neben Evin. Sie will Evins beste Freundin sein, so viel
ist klar. Die Frage ist nur, ob das auch Evins Wunsch ist.
Evin schaut ja die ganze Zeit mich an, Nicki und die an-

deren auch. Sie wollen meine Meinung hören und lachen immer zustimmend, wenn ich etwas sage. Auf der anderen Seite des Schulhofs sitzen Nadine und Ayo. Nadine mit den langen braunen Haaren, Nadine mit den ängstlichen Rehaugen. Ich habe mir bereits Gedanken über Nadine gemacht, die aber nichts mit Lügen zu tun haben. Wie Petra scheint eine Glaswand sie von uns anderen zu trennen.

»Ist sie auch neu?«, frage ich.

»Sozusagen. Sie ist vor einem halben Jahr hierhergezogen.«

»Wart ihr noch nie bei ihr zu Hause?«

Nicki schüttelt rasch den Kopf. »Wir wissen nicht einmal, wo sie wohnt. Niemand darf sie besuchen. Nicht einmal Ayo.«

»Habt ihr sie schon mal gefragt?«

Sie haben. Anfangs haben sie sie zum Mädchentreff eingeladen, aber sie hat immer abgelehnt. Obwohl sie nun schon mehrere Monate hier lebt, hat sie niemandem erzählt, wo sie wohnt. Ich frage mich, wie einem so etwas in diesem kleinen Ort überhaupt gelingen kann.

»Meine Mutter sagt, dass ihre Mutter nicht zum Elternabend erschienen ist«, sagt Evin.

»Die ist sowieso meistens krank«, sagt Nicki und scharrt mit der Schuhspitze im Kies.

»Ist sie eigentlich so hübsch, wie sie selber denkt?«, fragt Filippa. »Wohl kaum.«

Evin stellt ihre Füße auf die Erde und stoppt die Schaukel. Ihre Lippen verziehen sich zu einem breiten Lächeln. »Billie kann doch so tun, als wolle sie ihre Freundin werden!«

»Ich?«

»Ja, du kannst sie nach Hause begleiten und ausspionieren!«

»Aber ... warum sollte sie ausgerechnet mir das erlauben?«

»Weil du auch neu bist. Und weil du ein Pflegekind bist. Vielleicht tust du ihr ja leid.«

Filippa und Nicki nicken.

»Ich weiß nicht so recht.«

Mir liegt auf der Zunge, klarzustellen, dass wir sie in Ruhe lassen sollten. Wenn Nadine nicht mit uns zusammen sein möchte, dann ist das ihr gutes Recht.

»Du könntest es doch wenigstens versuchen! Bitte!«

Evin betrachtet mich mit ihren freundlichen braunen Augen. Im nächsten Moment hüpft sie von der Schaukel, streckt die Zunge raus und stellt sich auf alle viere. »Bitte, Billie.« Sie kläfft wie ein Hund und schaut mich bittend an. Filippa ist deutlich anzusehen, dass es ihr gar nicht gefällt, wie sehr sich Evin um meine Hilfe bemüht. Ich muss lachen, gehe in die Hocke, streichle ihren Kopf und sage, dass sie ein braver Hund ist. Wenn ich mich jetzt nicht clever verhalte, darf ich vielleicht nicht mehr mit ihr nach Hause gehen. Dann muss ich die ganze Zeit in dem traurigen, kalten Haus verbringen, und das halte ich nicht aus. Außerdem bin ich auch ein bisschen neugierig. Alle Menschen mit Geheimnissen interessieren mich.

»Und was hält wohl Ayo davon?«, frage ich.

»Wir holen Ayo zu uns rüber«, antwortet Evin. »Dann vergisst sie Nadine im Nu.«

»Vielleicht nächste Woche«, erwidere ich.

»Versprochen?«, fragt Evin und sieht aus, als würde sie mir gleich um den Hals fallen.

»Versprochen.«

Dann tut sie es. Und während sie mich umarmt, überlege ich, warum ich immer in Panik geraten bin, wenn mir die Leute zu nahe gekommen sind, und warum es mir immer so wichtig war, weglaufen zu können.

Nach der letzten Stunde bittet mich Roya, noch ein wenig dazubleiben. Ich setze mich auf ihr Pult. Die Sonne scheint durch die schmutzig-grauen Scheiben. Irgendjemand hat etwas Unlesbares in den Staub geschrieben. Durch das Fenster sehe ich, wie Evin und drei Mitschülerinnen den Schulhof überqueren. Sie haben sich beieinander eingehängt. Douglas verfolgt Salim und schwingt dabei einen Stecken über dem Kopf. Dann hält er plötzlich inne und lässt den Stecken sinken. Alvar ist als Nachzügler auf dem Hof erschienen. Douglas sagt etwas zu ihm. Alvar hebt das Kinn und betrachtet ihn mit feindseligem Blick, dann rennt er davon.

Roya erkundigt sich, wie ich mich jetzt nach den ersten Wochen in der neuen Klasse eingelebt hätte. Ich antworte, dass es mir gut geht, dass alle nett zu mir sind und ich mich wohlfühle.

»Wirst du, so wie du bist, akzeptiert?«, fragt Roya.

»Ja.«

»Du traust dich also, deine Meinung zu sagen?«

Ich weiß nicht, wo das Problem ist. Es wird ja ohnehin nicht so viel geredet.

In Bokarp gilt es, in Maßen gesprächig, in Maßen fleißig, nicht allzu clever, aber auch nicht allzu dumm zu sein, weil man sonst als Idiot abgestempelt wird. Meistens klappt das ausgezeichnet. Was ist daran auszusetzen, wenn man sich anpasst?

»Ich verstehe, dass es nicht einfach ist, bei unbekannten Leuten einzuziehen und eine neue Schule zu besuchen«, sagt Roya.

»Das ist nicht so schlimm«, murmle ich.

Roya betrachtet mich nachdenklich. Sie ist eine nette und lustige Lehrerin, die alle meine bisherigen Lehrer in den Schatten stellt. Gleichzeitig wünsche ich mir in diesem Augenblick, dass sie nicht so engagiert wäre. Dieser Blick, mit dem sie mich anschaut, ist anstrengend.

»Ich hoffe nur, dass du ein wenig aus dir herausgehst«, sagt sie.

Ihr Nasenpiercing blitzt, von einem Sonnenstrahl getroffen, auf. Vor dem Fenster jagt Douglas immer noch hinter Salim her. Dann erwischt er seine Jacke und kämpft ihn zu Boden. Salim wehrt sich heftig strampelnd. Alvar schaut ihnen aus einiger Entfernung mit finsterem Blick zu. Dann dreht er sich um und geht weiter.

»Ich sage das nur, weil in deinem Aufsatz über die Demokratie viele spannende Gedanken stecken. Mir ist aufgefallen, dass du viel erfinderischer und fantasievoller bist, als man aus dem Mündlichen schließen würde.«

Ganz kurz habe ich den Impuls, ihr einige Dinge anzuvertrauen. Dass man nie weiß, woran man bei Petra ist, und dass Mange immer Witze reißen muss, die nicht lustig sind. Dass sie sich ständig Sorgen um Tea und Alvar machen, ohne eigentlich wissen zu wollen, was in ihnen vorgeht. Am liebsten würde ich ihr erzählen, dass ich beschlossen habe, normal zu sein, und dass ich mir andauernd Mühe gebe, nichts zu sagen, was seltsam wirken könnte.

Die spielerische Rauferei vor dem Fenster hat sich mittlerweile in eine Schlägerei verwandelt. Douglas und Salim treten einander mit wildem Gesichtsausdruck. Ich deute aus dem Fenster. Roya schaut hinaus und reißt die Augen auf. Dann springt sie von ihrem Stuhl auf und rennt aus dem Klassenzimmer.

Auf dem Heimweg pfeife ich darauf, dass ich in Bokarp bin, und rede mit mir selbst. Seit ich mich erinnern kann, spreche ich laut vor mich hin. Es ist, als könnte ich meine Gedanken besser verstehen, wenn ich sie ausspreche. Meine alten Klassenkameraden scherzen immer darüber. »Was hast du gesagt, Billie?«, fragen sie dann immer. »Wir können dich nicht hören!« Jetzt rede ich, um meine Gedanken zu ordnen und mich selbst zu erreichen. Vor dem Gemeindehaus erblicke ich eine Person auf der gegenüberliegenden Straßenseite. Eine ältere Frau mit überdimensionierter Jacke und gepunkteter Strumpfhose bewegt sich leicht vornübergebeugt auf ungewöhnlich langen, dünnen Beinen vorwärts. Ihre Lippen bewegen sich. Sie bleibt vor einem Mülleimer stehen, hebt den Deckel an und nimmt etwas heraus.

»Was ist das?«, rufe ich.

Ein Auto fährt vorbei. Die Frau mit der gepunkteten Strumpfhose starrt mich an. Ich mache einen Schritt auf sie zu. Rasch steckt sie ihre Beute in die Tasche und eilt davon. Ich bleibe stehen und blicke ihr hinterher.

11

Es ist zwanzig nach zehn, und um halb elf ist freitags Schlafenszeit. »Es gibt keinen Grund, länger aufzubleiben«, erklärt Petra. »Bis halb elf hat man alles Nötige erledigt.«
Sie und Mange haben Chips zum Film gekauft, obwohl sie so etwas eigentlich nicht essen. Tea ist sauer, weil Chips seit meiner Ankunft auf einmal okay sind. Mange versucht mit einem Scherz abzulenken, und Petra sagt, dass man ab und zu auch eine Ausnahme machen kann. »Wenn man sie nur ganz selten isst, sind sie sicher nicht so ungesund.«
Normalerweise essen sie freitagabends nur Obst. Sie kaufen Ananas und Mango, schneiden diese in kleine Würfel und servieren sie in einer besonderen Obstschale. Auch heute gibt's Obst. Nur Petra isst davon. Als Petra Mange die Schale hinhält, nimmt auch er ein wenig. Dann bietet sie auch mir davon an, aber ich lehne dankend ab und sage, dass ich Obst nicht sonderlich mag. »Am schlimmsten sind Äpfel.«
Alle starren mich schockiert an.
»Das ist sicher nur, weil du Obst nicht so gewöhnt bist«, erwidert Petra.
»Nein, schon wenn ich einen Apfel sehe, krieg ich Beklemmungen.«

»Ach wirklich?« Tea schaut Petra an. Dann wendet sie sich wieder an mich. »Esst ihr oft Süßigkeiten zu Hause?«

»Ja, Mama isst mehr Chips und Süßigkeiten als andere Nahrungsmittel. Ehrlich.«

Petra fingert nervös an ihrer Halskette. »Aber sie weiß doch bestimmt, wie ungesund das ist. Dass falsche Kost den Körper und die Zähne schädigen kann. Nicht wahr?«

Petras ängstlicher Miene ist deutlich anzusehen, welche Antwort sie gerne hören würde. Und obwohl mich niemand dazu zwingt, nehme ich das Handy hervor und zeige ihnen Bilder von Mama.

»Ja, schaut, wie dick sie ist, weil sie so viele Süßigkeiten isst.« Alle sind sehr erstaunt, und ein leises Stöhnen ist zu hören. Insgeheim gefällt es mir, dass sie so leicht zu schockieren sind.

»Sie ist richtig dick, nicht wahr?«, sage ich.

Alvar und Tea werfen ihren Eltern ängstliche Blicke zu. Sie haben natürlich gelernt, dass man so etwas nicht über andere Menschen sagen darf. Aber in diesem Fall ist es ja so augenfällig.

»Also ganz so würde ich es nicht gerade ...«, erwidert Mange.

»Gib's schon zu!«, fahre ich fort. »*Sie* weiß es. *Ich* weiß es.«

»Na, vielleicht *ein bisschen*«, versucht Tea.

»Nicht *ein bisschen, sehr* dick«, antworte ich. »Sie kann sich wegen ihrer Krankheit nicht bewegen und isst sehr viel, um sich zu trösten. Wenn sie sich nicht zusammenreißt, kann sie daran sterben.«

Ich weiß nicht, warum ich diese traurigen Dinge so deutlich aussprechen muss. Vielleicht, weil mir die vorsichtige Art der Perssons auf die Nerven geht. Außerdem müssen sich die Leute nicht so viele unnötige Gedanken machen, wenn man die Dinge beim Namen nennt.

Petra betrachtet mich entsetzt. Dabei dachte ich, das Jugendamt hätte ihr alles erzählt, aber das stimmt offenbar nicht. Sie legt ihre Hand auf mein Bein. »Kleine Billie.«

»Keine Sorge«, sage ich. »Ich kann ihretwegen nicht dauernd traurig sein. Sonst komm ich mit meinem eigenen Leben nicht klar. Und vermutlich ist es besser, dass es nur einer von uns schlecht geht als beiden.«

Jetzt herrscht vollkommene Stille. Ich nehme mir eine Handvoll Chips.

»Muss sie wirklich sterben?« Alvars Stimme ist so leise, dass man sie kaum hört.

»Nicht, wenn sie sich zusammennimmt.«

»Aber warum macht sie das dann nicht?« Tea sieht richtig besorgt aus.

»Ich weiß nicht. Manche Leute können offenbar nicht das Richtige tun, selbst wenn sie eigentlich wissen, wie's geht.« Ich rutsche auf dem Sofa näher an Tea heran. »Wie Leute, die zum Beispiel Drogen nehmen. Sie wissen ja, dass es gefährlich ist. Oder Leute, die sich die Arme aufritzen oder einfach nichts mehr essen ...«

»Jetzt ist halb elf«, verkündet Petra entschieden. »Und morgen machen wir einen Ausflug.«

Am darauffolgenden Tag stehe ich auf, sobald Petra an die Tür klopft, obwohl ich heimlich bis drei Uhr nachts die letzten Folgen meiner Lieblingsserie angeschaut habe. In der Küche wird mit Geschirr geklappert, also ziehe ich mich schnell an und renne nach unten. Ich war ja noch nie auf einem Familienausflug. Am Tisch sitzen Mange und Alvar. Alvar sieht leidend aus, wie gewöhnlich. Petra steht an der Arbeitsplatte und bereitet das Picknick vor. Sie schneidet hartgekochte Eier in Scheiben, legt sie auf Vollkornbrot und überdeckt das Ganze mit viel Gemüse. Keine Marmelade weit und breit.

Ich kippe Joghurt auf einen tiefen Teller und streue das mehlige Müsli darüber. In meinem Mund entsteht ein klebriger Klumpen, der an meinem Gaumen hängen bleibt, aber inzwischen habe ich mich daran gewöhnt. Petra ruft mehrmals nach Tea. Schließlich bittet sie Mange, hinaufzugehen und nach dem Rechten zu schauen. Ihm ist anzusehen, dass er ungern Anweisungen empfängt, aber er protestiert nicht. Kein Mitglied der Familie Persson erhebt jemals die Stimme.

»Wo geht's hin?«, frage ich.

»Wir dachten, wir verbringen einfach einen netten Tag im Wald«, antwortet Petra freundlich. »Wir wollen Pilze pflücken und an einem Wasserfall picknicken.«

»Schön!«

Alvar betrachtet mich erstaunt. Er denkt sicher, dass ich nur so tue. Aber das stimmt nicht. Ich freue mich auf alles, was mir ermöglicht, dieses Haus mit seinen unzähligen Regeln zu verlassen.

»Die Natur ist hier so schön«, sagt Petra. »Wir freuen uns darauf, Billie den Wald zu zeigen. Nicht wahr, Alvar?«

»Hm.«

»Hoffentlich regnet es nicht«, sagt sie eher zu sich selbst und beginnt, das Picknick in einem Rucksack zu verstauen.

»In Bokarp wird es doch wohl nicht regnen?«, sage ich.

»Doch, manchmal. Das muss ich schon zugeben.«

»Ich habe nur Spaß gemacht.«

»Aha.«

Tea kommt gefolgt von Mange die Treppe herunter. Sie trägt rosa Leggings.

»Die kannst du doch nicht im Wald tragen, Tea.«

»Das habe ich ihr auch schon erklärt«, murmelt Mange.

Petra nähert sich ihrem rosa gekleideten Kind. »Aber ... hast du dich geschminkt? Tea! Das darfst du doch nur zu Hause machen.«

Tea nimmt Platz und greift wütend nach dem Joghurt. Petra und Mange tauschen einen Blick. Ich warte gespannt ab. Tea isst ihren Joghurt. Petra will noch etwas sagen, aber dann wirft sie mir einen Blick zu. Sie wollen sich nicht in meinem Beisein streiten. Vielleicht befürchten sie, dass mich das beunruhigen könnte.

»Heute werden wir Billie jedenfalls einiges über Pilze beibringen!« Mange stopft eine Banane in sich hinein.

»Kennt ihr alle Arten?«, frage ich.

»Pfifferlinge«, sagt Tea säuerlich. »Die Sorte kenne ich.«

»Du kennst doch sicher noch andere Pilzarten, meine Kleine?«

»Nein, ich weiß nur noch, wie Pfifferlinge aussehen.«

Ich darf ein Fahrrad ausleihen, das in der Garage steht und zu klein ist. Mange entschuldigt sich tausend Mal und versichert, dass er mir ein passendes Fahrrad besorgen wird. Ich erwidere, das sei nicht nötig, weil ich ja bald wieder nach Hause fahren würde, außerdem ist mir klein nur recht, weil ich ja keine Übung habe.

Die Familie radelt mit Mange an der Spitze durch die Stadt. Dass der Vater die Führung übernimmt, ist ja ziemlich altmodisch, aber es ist ihm sicher wichtig. Jedenfalls sieht er mit seinem neonblauen Helm und radrennfahrermäßig vornübergebeugt ausgesprochen zufrieden aus. Bestimmt bemüht er sich um ein familienfreundliches Tempo, obwohl er am liebsten lospurten würde.

Hinter Mange folgt Tea in ihren rosa Leggings. Hinter Tea komme ich, dann Alvar und zuletzt Petra. Ich weiß, dass wir ein lustiges Bild abgeben, allen voran der sportliche Mann, ganz zuhinterst die kecke Petra und dazwischen ein paar echt saure Kinder. Mittendrin aber ein hellbraunes Mädchen wie von einem ganz anderen Planeten. Einige Familien, denen wir unterwegs begegnen, grüßen und winken. Petra winkt zurück, als sei sie die Königin der Stadt. Petra und Mange tragen fast die gleiche Kleidung und haben fast die gleichen Fahrräder. Am liebsten würde ich fragen, ob sie gemeinsam im Fahrradladen waren, um zusammen die Farben auszusuchen. Ich wüsste gerne, warum sich zwei Leute identisch kleiden. Oder ob es sich einfach so ergibt, wenn man verheiratet ist. In diesem Fall will ich nie heiraten.

Sobald wir den Ort verlassen haben, halten wir an und stellen die Fahrräder ab. Mange hat diverse Kabelschlösser dabei, die er zwischen den Speichen hindurch und dann um einen Baum zum nächsten Fahrrad zieht. Diese Prozedur dauert recht lange.

»Gibt es viele Diebe in Bokarp?«, frage ich.

»Nein, aber man kann nie wissen«, antwortet Mange.

»Kein Grund zur Besorgnis«, erklärt Petra, obwohl ich einsehe, dass dies und viele andere Dinge sie durchaus beunruhigen.

Mit fünf identischen Pilzkörben ausgestattet, marschieren wir in den Wald hinein. Ich trage Turnschuhe und habe bald nasse Zehen. Petra entschuldigt sich mehrmals, dass sie vergessen hat, mir Gummistiefel zu kaufen. »In Bokarp braucht man einfach Gummistiefel.« Ich bringe es nicht übers Herz, ihr zu verraten, dass ich, seit ich ungefähr vier war, keine Gummistiefel mehr besessen habe.

Im Wald schwirrt lauter kleines Getier herum, und Spinnweben verfangen sich in meinem Gesicht. Mange hat mir eine Pilz-App auf mein Handy geladen. Er pfeift laut und ruft die Pilze zu sich. Petra starrt konzentriert auf die Erde.

Alvar bleibt ab und zu bei einem Pilz stehen, geht dann aber stets weiter. Tea setzt sich auf einen Stein und starrt ins Leere, bis nach ihr gerufen wird.

Ich vergesse die App, renne zu Mange und zeige ihm die Pilze, die ich gefunden habe. Er freut sich sichtlich, mich an seinem Wissen teilhaben zu lassen. Weder Alvar noch Tea zeigen auch nur das geringste Interesse. Mange und ich entdecken einen Strunk, der einem Elefanten gleicht, und lachen uns halb tot. Petra gesellt sich zu uns und will mitmachen, aber mit Mange und Petra zusammen macht es nicht so viel Spaß wie mit jedem für sich. Manges Gelächter verstummt abrupt, und er will nicht erzählen, was so lustig war.

Petra findet, dass wir singen sollen, damit uns die Wanderung zum Wasserfall leichter fällt. Das Lied heißt »When the Saints Go Marching In« und handelt von Gott. Sie singt voller Inbrunst und geht zum Spaß im Marschschritt voraus. Alvar und Tea bewegen lautlos die Lippen. Mange starrt auf sein Handy. Ich versuche mitzusingen, was mir aber nicht so gut gelingt. Trotzdem findet Petra, dass ich dem Gospelchor beitreten solle.

»Aber sie spielt ja Tischtennis«, wendet Mange ein.

»Vielleicht will sie ja lieber im Chor singen.«

»Mal sehen«, sage ich.

Alvar und ich haben uns ein wenig von den anderen entfernt. Er hebt den Blick und streicht sich die Haare aus dem Gesicht.

Dann schaut er mich an, als würde er mir gerne Fragen stellen.

»Tea!«

Petras Stimme hallt durch den Wald. Sie ruft nochmals. Ihre Stimme klingt lauter und aufgeregter. Mange ruft auch. Alvar und ich gesellen uns zu ihnen.

Petra hat eine Menge Tannennadeln im Haar. Entsetzt sieht sie sich um. »Eben war sie noch hier, und auf einmal ist sie weg.«

»Immer mit der Ruhe«, sagt Mange.

»Sie geht nicht an ihr Handy.«

Petra versucht es erneut. Keine Antwort. Sie atmet immer schneller. »Wir müssen uns verteilen. Ihr zwei geht zusammen.«

Ich mache mir nicht die geringsten Sorgen. Alvar wirkt auch nicht beunruhigt. Gelassen stapfen wir zwischen den Bäumen durchs Moos.

»Hast du Angst vor mir?«, frage ich.

Alvar zuckt zusammen. »Nö ...«

Aber seine Miene ist so ängstlich, dass ich lachen muss. »Natürlich hast du Angst.«

»Angst nicht, aber ...«

»Aber ...?«

»Wir sind einfach verschieden«, fährt er fort.

»Das kannst du doch gar nicht wissen.«

»Doch.«

Ich entferne einen dünnen Ast von meinem Pullover.

»Man kann erst wissen, wie verschieden man ist, wenn man miteinander geredet hat.«

Er betrachtet mich erstaunt.

»Ich habe die gleichen Gefühle wie du«, fahre ich fort.

»Manchmal bin ich froh, und manchmal bin ich traurig. In dieser Hinsicht unterscheiden wir uns nicht so sehr.«

»Das stimmt«, antwortet er.

Und lächelt.

Mir fällt auf, dass er bisher noch nie so richtig gelächelt hat. Das Tolle ist, dass mich, während sich seine Miene aufhellt, ein angenehm weiches Gefühl erfasst. Im nächsten Augenblick entdecke ich sie. Sie sitzt mit glänzenden Lippen in einiger Entfernung auf einem umgekippte Baumstamm und fingert an ihrem Handy.

»Tea?«

Sie blickt auf. »Was?«

»Alle rufen nach dir«, erklärt Alvar.

»Warum?«

Ich rufe Petra und Mange an. Sie kommen angerannt und versuchen beide, sie als Erste in die Arme zu schließen. Tea kann nicht erklären, wieso sie auf die Anrufe nicht reagiert hat. Sie war mit anderen Dingen beschäftigt.

Danach begeben wir uns als gesammelter Trupp zum Wasserfall. Petra dreht sich andauernd um, um zu kontrollieren, dass Tea noch dabei ist. Mange scheint sich nicht mehr an den Pilzen zu erfreuen. Als wir den Wasserfall erreichen, ist dieser nicht mehr da. Der Sommer war zu trocken. Die

Quelle ist einfach versiegt. Tea ärgert sich und meint, dass der Ausflug umsonst war. Petra nimmt mit ruckartigen Bewegungen das Picknick aus dem Rucksack. »Jetzt gibt's Butterbrote und warmen Kakao! Es ist herrlich, im Wald zu essen.«

Alle außer mir schweigen. Ich sage, dass es sehr gut schmecken wird. Dann versuche ich mehr über die Natur, die Pilze und ihre Zubereitung in Erfahrung zu bringen. Ich singe »Billie Jean«. Allmählich entspannen sich Petras Gesichtsmuskeln, und Mange erhebt sich und beginnt zu tanzen. Ich finde die Melodie in meinem Handy und tanze mit.

»Du bist ja vollkommen verrückt«, sagt Tea zu mir. »Nein, nicht verrückt. Einfach anders.«

Jetzt beginnt auch sie zu tanzen. Mange zieht Alvar vom Boden hoch. Alvar ist ungelenkig, versucht aber, sich zur Musik zu bewegen. Petra lächelt mich glücklich an. »Du *musst* im Chor anfangen. Ich bin sicher, dass es dir gefallen wird!«

Mange schiebt sich zwischen uns. »Vielleicht will sie ja gar nicht.«

Auf dem Heimweg erkundigt sich Alvar nach meiner Schule in Stockholm, und Tea möchte, dass ich mir Songs auf ihrem Handy anhöre. Ich spähe zu Petra und Mange hinüber, die wieder schweigend und in ihre eigenen Gedanken vertieft vor sich hin gehen. Aber mir fehlt die Kraft, schon wieder für gute Stimmung zu sorgen.

Am Abend skype ich mit Mama. Man sieht, dass sie in schlechter Verfassung ist. Sie spricht schleppend und scheint den ganzen Tag im Bett gelegen zu haben. Ich frage sie erst gar nicht, ob sie einen Wutanfall hatte und die Pfleger rausgeworfen hat. Da mir nichts anderes einfällt, erzähle ich, dass es ganz tolle Pilzbrote zum Abendessen gab.

»Ist doch cool, dass man Dinge essen kann, die man im Wald gefunden hat?«

»Ich muss mich jetzt ausruhen«, sagt Mama.

Ich beuge mich vor, um den Bildschirm zu küssen. Bevor ich ihn mit meinen Lippen berühre, hat sie sich schon ausgeloggt.

Das Haus ist vollkommen dunkel. Im Nachthemd schleiche ich die Treppe hinunter, steige in Alvars Gummistiefel und trete in den Garten. Dann gehe ich am Gartenhäuschen vorbei in das Wäldchen. Äste streifen meine nackten Beine. Im Dickicht singe ich, bis meine Stimme versagt.

12

Um elf Uhr beginnt in der Kirche der Hauptgottesdienst.
Petra leitet das Ganze. Alvar und Tea müssen nicht jeden
Sonntag in die Kirche, aber diese Woche schon, das hat
Petra entschieden. Sie will mir zeigen, was diese Familie
ausmacht, erklärt sie. »Aber man kann keinem Menschen
einen Glauben aufzwingen.«

Weder Alvar noch Tea wirken übertrieben gläubig, trotzdem stehen sie am Morgen widerspruchslos auf. Petra ist
verschwunden, um sich vorzubereiten. Bevor wir aufbre-
chen, wirft Mange einen besorgten Blick auf meine Haare.
Schnell fasse ich sie zu einem Pferdeschwanz zusammen.
Er lächelt dankbar.

Während wir durch den Ort radeln, zeigt mir Mange Dinge,
die Petra bislang ausgelassen hat: die Autowerkstatt, das Re-
daktionsgebäude des Lokalblattes ... Die Zeitung erscheint
nicht mehr so oft, erzählt er, aber immerhin gibt es sie noch.
»Wer etwas leistet, kommt mit großer Wahrscheinlichkeit in
die Zeitung«, erläutert er.

»Wer zum Beispiel?«

»Jemand, der eine gute sportliche Leistung erbringt.« Seine
Miene ist ernst. »Aber Alvar und Tea sind nicht sehr sport-

lich, also … wurde dort vor allem über mich und Tischtennis berichtet. Und natürlich über Petra.«

Die Kirche liegt etwas außerhalb des Ortes am See und sieht aus wie die meisten Kirchen. Wir stellen unsere Fahrräder ab und folgen dem Kiesweg Richtung Eingang. Aus dem Inneren dringt feierliche Orgelmusik. Wir treten ein, und es ist noch kälter als bei den Perssons. Ich sehe mich um, und wie erwartet sind vor allem alte Leute anwesend. Die Decke ist mit Engelsbildern und goldenen Ornamenten verziert. Ganz vorn hängt Jesus mit gesenktem Kopf. Das ist kein sonderlich aufmunternder Anblick. Mange fordert Tea flüsternd auf, das Handy in die Tasche zu stecken.

Vor jedem Sitzplatz liegt ein kleines Buch mit dünnen Seiten, das alle in die Hand nehmen, um darin zu blättern. Ich folge ihrem Beispiel und schlage es bei einem Lied mit einer bestimmten Nummer auf. Die Melodie ist unergründlich und ausgesprochen eintönig. Ich werde immer müder, obwohl ich gerade erst aufgestanden bin.

Fast wäre ich eingeschlafen, da erscheint Petra in einem weißen Gewand. Sie stellt sich ganz vorne hin und beginnt mit unnatürlicher Stimme vorzutragen. Ich schiele zu Mange hinüber. Seine Miene ist vollkommen entspannt. Gott hilft uns in schweren Stunden, sagt Petra. Er nimmt uns unsere Bürden ab, wenn wir ihm vertrauen.

Mange atmet zusehends tiefer. Ich höre einen klagenden Laut. Einen Moment lang glaube ich, dass er krank geworden ist. Was ist, wenn Mange jetzt stirbt, während wir hier sitzen?

Ich versuche, ihn möglichst unauffällig zu mustern. Plötzlich sehe ich eine Träne, die über seine Wange läuft. Sie verschwindet nach unten und versteckt sich in seinen Kleidern. Nach dem Gottesdienst ist alles wie immer. Auf dem Weg ins Freie zwickt er mich in den Arm und scherzt, dass ich von nun an Tag und Nacht in der Kirche verbringen würde.

»Nicht wahr, Billie?«

Mich beschäftigt nur die Frage, warum er geweint hat.

In der hintersten Reihe ist eine Person ganz alleine sitzen geblieben: die ältere Frau mit der gepunkteten Strumpfhose. Ihre Lippen bewegen sich, als würde sie sich mit den Engeln an der Decke unterhalten.

»Wer ist das?«, flüstere ich Alvar ins Ohr.

»Die Finnin«, antwortet er.

»Die ›Finnin‹?«

Wir treten durch die Pforte in die Sonne.

»Kümmer' dich nicht um sie.«

»Warum nicht?«, frage ich.

»Weil sie ... komisch ist.«

Glücklicherweise müssen wir vor der Kirche auf Petra warten. Ich will die Finnin sehen, wenn sie herauskommt. Unterdessen summe ich ein Lied. Mange bekundet seinen Unmut mit einem Zischen, das mich zum Stillsein auffordert. Alvar und Tea schauen beschämt in eine andere Richtung. Wieder einmal finde ich ihr Leben äußerst rätselhaft.

Als Petra erscheint, sage ich nichts über ihre langweilige Stimme, sondern dass ihre Predigt eine schöne Botschaft enthalten hätte. Sie umarmt mich und flüstert: »Danke, kleine Billie.«

Ich nutze die Gelegenheit und frage, warum man der Finnin aus dem Weg gehen solle. Petra wirkt verunsichert. »Weil ...« Dann bricht sie ab.

»Ist sie gefährlich?«

Petra schüttelt den Kopf. Ich erinnere mich an ihre Angst vor Solkullen. Kann es sein, dass Petra predigt, vor Gott seien alle Menschen gleich, obwohl sie sich wie alle anderen vor dem Fremdartigen fürchtet? Das wäre nicht so schön.

Ich behaupte, mein Handy in der Kirche vergessen zu haben, und gehe wieder hinein. Die Orgel spielt immer noch, aber nur eine Person ist anwesend. Vorsichtig nehme ich in der gleichen Bankreihe ganz außen Platz. Sie bemerkt mich nicht, sondern spricht weiterhin zur Decke hinauf. Ganz langsam rutsche ich näher. Zuletzt sind meine Beine kaum einen Meter von der gepunkteten Strumpfhose entfernt. Sie hat eine große Laufmasche.

»Hallo.«

Sie beachtet mich nicht.

»Wir sind uns vor dem Gemeindehaus begegnet, als Sie etwas im Papierkorb gefunden haben.«

Sie beendet ihr Gemurmel. Ihr Blick verschiebt sich zu mir. Ihre Augen wirken nicht im Mindesten verrückt.

»Ich bin neu in Bokarp und ...«

Ganz plötzlich erhebt sich die Finnin. Sie tritt mir auf den Fuß, während sie sich an mir vorbeidrängelt. Ihr Geruch dringt mir in die Nase. Wie der Blitz verschwindet sie durch die Kirchentür. Ich warte einen Moment, bevor ich ihr folge. Sie warten bei den Fahrrädern auf mich. Einige Besucher sind stehen geblieben, um mit Petra zu reden. Sie wirkt guter Dinge und erklärt, dass es Zimtschnecken aus dem Tiefkühlfach gibt, wenn wir wieder zu Hause sind. Mir fällt auf, dass sie außerhalb der Familie ein anderer Mensch und einfach nur fantastisch ist. Tea umarmt Petra ganz spontan, dann radeln die beiden mit Mange davon. Ich warte auf Alvar, der sich mit seinem Schloss abmüht. Da halten zwei Fahrräder neben uns. Salim grinst. Douglas hängt auf seinem Lenker und mustert mich abschätzig.

»Aus welchem Land kommst du eigentlich?«

»Schweden«, antworte ich.

»Du kommst nicht aus Schweden.«

»Aber sicher.«

»Mit dem Afrikahaar??«

Ich seufze. »Hallo, in welchem Jahrhundert lebt ihr eigentlich? Ist dir noch nicht aufgefallen, dass die Leute ziemlich unterschiedlich aussehen, in der Klasse zum Beispiel? Salim und du, ihr seht unterschiedlich aus. Und trotzdem seid ihr beide Schweden, oder?«

Douglas starrt Salim an und verzieht das Gesicht. »Jedenfalls haben wir kein Afrikahaar.«

»*Schwedenhaar!*«, korrigiere ich ihn.

»*Schmutziges* Afrikahaar«, fährt Douglas fort. »Das kann man doch sicher nicht waschen?«

103

»Doch, kann man.«

»Ich wette, dass die Afrikaflechten voller Läuse sind.«

Wut durchzuckt mich. »Ich komme aus Stockholm, du Idiot. Außerdem hast du die blöde Angewohnheit, in der Nase zu pulen, aus welchem Land kommt das wohl?«

Douglas starrt mich an. »Hast du mich gerade Idiot genannt?«

»Wundert's dich etwa?«

Ich, Salim und Douglas drehen uns erstaunt zu Alvar um.

»Was hast du gesagt?«, fragt Douglas.

Alvars Gesicht ist knallrot. »Kannst du nicht einfach die Klappe halten?«, zischt er und stellt seinen Fuß aufs Pedal. Ich setze mich auf mein Fahrrad und rolle hinter ihm her. Auf dem Heimweg schweigen wir. Jetzt ist nicht der Moment für Fragen. Aber ich überlege mir natürlich: Warum hasst Alvar Douglas so sehr?

Wir bremsen beim Briefkasten. Alvar geht nicht zur Tür, sondern geradewegs in den Garten. Ich folge ihm. Er umrundet das Haus und steuert auf das Gartenhäuschen zu, wobei er so tut, als ob ich gar nicht da wäre. Natürlich. Ich will ihm gerade etwas Wütendes zurufen, da dreht er sich um.

»Willst du reinkommen?«

Ich nicke. Wortlos folge ich ihm ins Gartenhäuschen.

Es ist noch kleiner, als ich dachte. Eigentlich ist nur Platz für ein schmales Stockbett und einen schmalen Tisch am Fenster. Der Tisch ist voller kleiner Dinge in tausend verschiedenen Farben. Auf den ersten Blick sieht es wie Abfall aus, aber nach wenigen Sekunden sehe ich, dass es sich um kleine Tonfiguren handelt. Alvar setzt sich auf den Stuhl.

»Das ist nur ... ein Zeitvertreib.«

Ich strecke meine Hand aus. »Darf ich ...?«

Er nickt. Ich hebe eine der kleinen Figuren hoch. Es ist ein drachenähnlicher Vogel in Kriegsmontur. Seine Ausrüstung ist farbenfroh und reich an Details, der Schnabel lang und spitz. Und sein Gesicht! Der Anblick verbreitet nicht unbedingt gute Laune.

»Er sieht nicht froh aus«, sage ich.

»Er ist nicht froh.«

»Ist er wahnsinnig wütend?«

Alvar nickt.

»Wird er mir die Augen mit seinem spitzen Schnabel ausstechen?«

Alvar lächelt ein wenig und schüttelt den Kopf.

»Zum Glück«, sage ich.

Ich stelle den Vogel wieder hin und betrachte die anderen Figuren. Manche sind Menschen, andere Tiere. Sie scheinen an einem Krieg teilzunehmen, sind aber keine gewöhnlichen Soldaten. Die Menschen haben richtige Gesichter, Augen, die Gefühle ausdrücken. Fast ein bisschen unheimlich. Die Tonfiguren sind hübsch, mit wundervollen Details. Alvar muss mit ihrer Herstellung Hunderte von Stunden zugebracht haben.

»Was hast du mit ihnen vor?«, frage ich.

»Was ich vorhabe?«

»Du könntest ... sie ausstellen!«

Er runzelt die Stirn. »Was? Nein!«

»Doch! Die sind ja wahnsinnig schön.«

Er schnaubt und versteckt sich hinter seinen Stirnfransen.

»Wie gefallen sie Petra und Mange? Die müssen doch irrsinnig stolz darauf sein, so ein künstlerisch begabtes Kind zu haben.«

Alvar schüttelt den Kopf. »Die mache ich nur für mich.«

»Deine Armee.«

Er sieht mich an und nickt. »Meine Armee.«

Am Abend muss ich die ganze Zeit über Alvar nachdenken. Ich finde es schlimm, dass Mange und Petra behaupten, er »bastelt«, ohne Genaueres zu wissen. Eigentlich müsste ich ein Wörtchen mit ihnen reden, aber so vertraut sind wir ja nicht.

Petra klopft an meine Tür, um mich vor dem Schlafengehen zu umarmen. Ihr Körper stößt schmerzhaft an mein Schlüsselbein. Ihre Hand fühlt sich kühl auf meiner Stirn an.

»Ich verstehe, dass so viel Neues anstrengend ist.«

»Ist schon in Ordnung. Es gibt andere Leute, die sind traurig.«

Ihre Miene wirkt leer und verständnislos. Ich wage es nicht, fortzufahren. Stattdessen sage ich, dass ihre Worte in der Kirche schön waren: dass man es wagen sollte, Bürden zu teilen.

»Danke, Billie. Haben wir dich überhaupt verdient?«

13

Evin lacht lauter als alle anderen in Bokarp und schneidet die
übelsten Fratzen. Schon allein deswegen bin ich so gerne mit
ihr zusammen. Außerdem behauptet sie, noch nie einen lus-
tigeren Menschen als mich getroffen zu haben. Sie erklärt,
dass Bokarp superlangweilig war, bevor sie mir begegnet ist,
obwohl ihr das damals natürlich nicht bewusst war. Evins
Mutter meint, es tue Evin gut, auch Leute von woanders zu
treffen, und dass die Welt in Bokarp zu eng ist.
Ich darf wieder mit ihr nach Hause gehen und bei ihr zu
Abend essen. Bei dieser Gelegenheit treffe ich auch ihren
Vater und ihren kleinen Bruder. Evin ergreift meine Hand
und sagt, dass wir best-friends-forever sein werden. Ihre Augen verkünden, dass sie auf mich zählt. Mich beschleicht
wieder dieses Gefühl von früher. Dieses Gefühl, das besagt,
dass niemand mit mir rechnen darf, und dass es stressig ist,
wenn Leute Erwartungen haben. Dieses Gefühl sagt mir,
dass eine Katastrophe eintritt, wenn ich Evins Wünsche nicht
erfülle. Aber es währt nur eine kurze Sekunde. Kurz darauf
biegen wir uns vor Lachen, als wir mit ein paar anderen
Kindern auf dem Hof Verstecken spielen. Gemeinsam
kauern wir uns hinter einen Bagger. Dabei müssen wir so

wahnsinnig lachen, dass es förmlich aus uns herausquillt und wir entdeckt werden. Ich liebe Solkullen.

Ich halte mein Versprechen und versuche, mit Nadine zu reden. Vorher locken Evin und Filippa Ayo zu sich herüber. Ayo soll zum ersten Mal nach der Schule zu Evin mit nach Hause gehen dürfen. Mit einem Mal ist Nadine ganz alleine. Ich hole sie auf dem Weg in die Mensa ein und frage sie, ob wir am gleichen Tisch sitzen wollen. Sie nickt vage. Ich rede drauflos, während wir uns von den überbackenen Hühnchentacos nehmen, erzähle von Stockholm, meiner Teilnahme an der Mensagruppe, die sich für besseres Essen einsetzte, und meiner Erkenntnis, dass Gruppen nicht so mein Ding sind. Nadine wirkt nicht sonderlich interessiert.
Wir haben einen Tisch für uns. Nadine schaut auf ihren Teller und konzentriert sich aufs Essen. Ihre Wimpern sind wirklich ungewöhnlich lang. Ich stelle Fragen, die keine Antwort erhalten, und schiele zu Evin hinüber, die am anderen Ende des Raumes sitzt und das Gesicht verzieht. Ich bin drauf und dran, aufzugeben, da legt Nadine ihre Gabel auf den Teller.
»Warum wohnst du bei Pflegeeltern?«
Aus Nadines Mund klingt diese Frage nicht wie sonst immer. Nadine ist aufrichtig interessiert.
»Das Jugendamt findet, dass sich meine Mutter nicht um mich kümmern kann«, antworte ich.

Nadine streicht sich langsam eine Strähne von der Wange. »Findest *du* das auch?«

»Vielleicht kann sie es ja wirklich nicht. Aber das macht nichts.«

»Warum nicht?«

»Ich schaff das auch alleine.«

Nadine lächelt kurz. »Das geht doch nicht, wenn man erst zwölf ist?«

»Nein, vielleicht nicht.«

Nadine beginnt wieder zu essen. Mit bekümmerter Miene betrachtet sie jeden Bissen, ehe sie ihn in den Mund schiebt. Ab und zu überlegt sie es sich anders, leert ihre Gabel und spießt einen neuen Happen auf. Mir kommt es vor, als würde ein Teil von ihr schlafen. Ich glaube, Nadine hat Geheimnisse, die sie noch niemandem anvertraut hat. Warum sollte sie ausgerechnet mir davon erzählen? Jedenfalls darf ich mir keine Gelegenheit entgehen lassen. Ich beuge mich vor.

»Manchmal hasse ich meine Mutter«, flüstere ich. »Ich hasse sie, weil ich nicht wie alle anderen wütend auf sie sein darf. Ich hasse sie, weil sie bedauernswert ist. Aber sie ist ja meine Mutter, also liebe ich sie auch ... Manchmal sieht's in meinem Kopf irgendwie ziemlich chaotisch aus. Manchmal fühle ich mich wie die Einzige auf der ganzen Welt, die dauernd auf ihre Mutter Rücksicht nehmen muss.«

Nadine betrachtet mich eingehend.

»War es schwierig, als du neu hier warst?«, frage ich.

Sie schüttelt den Kopf.

»Wo hast du vorher gewohnt?«

»An vielen Orten«, antwortet sie.

»Warum bist du so oft umgezogen?«

Sie zuckt mit ihren schmalen Schultern. »Meine Mutter hält es nie längere Zeit an einem Ort aus.«

»Warum nicht?«

»Das ist einfach so«, erwidert Nadine.

»Das ist für dich aber nicht so toll?«

Sie lässt ihren Blick über den Saal schweifen. »Sie ist nicht so gesellig.«

»Und dein Vater?«, frage ich.

»Lebt in London.«

Nadine betrachtet ihr Hühnchen und scheint überhaupt nicht mit ihrem Vater angeben zu wollen.

»Was machst du nach der Schule?«, frage ich.

»Mit dem Hund rausgehen.«

»Darf ich mitgehen?«

Nadine erhebt sich. »Das ist nicht möglich.«

»Warum nicht?«

»Weil ... Du wohnst ja nicht einmal in der Nähe.«

»Ich habe ein Fahrrad.«

»So weit darfst du nicht radeln«, erwidert Nadine und nimmt ihren Teller.

»Das ist egal«, sage ich und folge ihr zur Theke. Ihre glänzende Mähne fällt wie ein Umhang auf ihren Rücken. »Ich bin ein armes Pflegekind, das nicht immer gehorchen kann, das begreift ja jeder.«

Nicht einmal die Andeutung eines Lächelns erscheint auf Nadines hübschen Lippen. Sie kippt ihren Teller zur Seite und lässt die Essensreste in den schwarzen Müllsack gleiten. »Das hat *überhaupt nicht* geschmeckt.«

Nach der Schule macht sie sich alleine und mit aufrechter Haltung auf den Heimweg. Sie erinnert mich an eine Balletttänzerin. Vielleicht wäre sie ja berühmt geworden, wenn sie nicht in Bokarp gewohnt hätte. Vielleicht hätte sie bei einer Talentshow im Fernsehen mitmachen und gewinnen können, und dann hätten die Zeitungen über sie berichtet. Ein Pech, dass es sie nach Bokarp verschlagen hat. Hier ist es schwierig, Geheimnisse zu bewahren. Es gibt zu wenig Leute, über die man sprechen könnte. In Stockholm hätte Nadine locker in der Menge verschwinden können. Ohne dass es auch nur irgendjemanden gekümmert hätte, hätte sie sich in ein abgelegenes Haus zurückziehen können. Für Nadine wäre das sicher besser gewesen.

Jetzt sind wir aber in Bokarp, ob wir wollen oder nicht. Und dass ich Nadine hinterhergehen möchte, hat nichts mehr mit Evin zu tun. Ich möchte einfach Näheres erfahren, genau wie alle anderen. Leider lässt sich ihre Adresse nicht herausfinden. Evin hat gesagt, dass sie nach der Schule immer an der Landstraße in den Bus steigt. Aber ich kann ja nicht einfach in den gleichen Bus steigen, also muss ich mir etwas anderes einfallen lassen.

Am selben Abend klopfe ich an Teas Tür, um mir ein Radiergummi zu leihen. Aus ihrem Zimmer dringt die Hitparade. Ich klopfe nochmals, lauter. Die Musik verstummt.

Teas verärgerte Stimme: »Geh weg!«

»Aber ich will doch nur ...«

»Geh schon!«

In diesem Moment kommt Petra die Treppe herauf. »So darfst du nicht mit Billie reden«, ruft sie. »Jetzt musst du aber aufmachen.«

Wenige Sekunden später geht die Tür leise auf. Ein kleines Gesicht wird im Dunkel sichtbar. Eine Hand schießt hervor und packt die meine.

»Gut«, sagt Petra und verzieht sich.

In dem rosa Zimmer riecht es so stark nach Parfüm, dass es mir fast den Atem verschlägt. Ich setze mich auf Teas Bett. Es ist perfekt gemacht. Mange und Petra finden, dass die Kinder ihre Zimmer selbst aufräumen und ihre Betten selber machen sollen. Bislang habe ich die Tagesdecke immer darübergeworfen, damit alle glücklich sind, aber jedes Mal kommt es mir unsinnig vor.

Tea hat die Vorhänge zugezogen, die Lavalampe und eine Million Lichterketten eingeschaltet. Ein grelles Spotlight am Schreibtisch ist auf den Bürostuhl gerichtet. Neben der Lampe steht eine Kamera. Tea hat sich das Haar gelockt und sich geschminkt. Sie trägt eine rosawollige Strickjacke, die perfekt zu allen anderen Dingen im Zimmer passt: Vorhänge, Teppiche, Kissen, Kleider ...

»Magst du Rosa?«

Sie betrachtet mich voller Ernst. »Ja.«

Ich lächle, damit sie versteht, dass ich nur einen Scherz gemacht habe. Die Botschaft scheint aber nicht anzukommen.

»Was machst du?«, erkundige ich mich.

Sie seufzt, als wäre sie ein Teenager. »Ich schminke mich.«

»Warum?«

»Tja, warum wohl?« Neuer Seufzer. »Ich mache Schminkvideos und stelle sie ins Netz.«

»Aber du bist doch erst ... zehn?«

»Man kann wie eine Vierzehnjährige sein, obwohl man erst zehn ist. Alle sind unterschiedlich reif.«

»Was halten Petra und Mange davon?«

»Die mögen keine Schminke.«

Ich bin mir nicht sicher, ob ich es gut finde, dass sie gegen die Regeln verstößt, oder es für vollkommen verrückt halte, vor einer Kamera zu sitzen und Wimperntusche aufzutragen.

»Hast du denn schon Follower?«

Sie schüttelt den Kopf, dass ihre Locken wackeln. »Bisher hat mich noch niemand entdeckt. Ich nenne mich ›Miss Pinky‹.«

Am liebsten würde ich jetzt lachen. Das Ganze ist einfach zu witzig. »Wann hast du damit angefangen?«

»Vorgestern.«

Ich lehne mich an ein flauschiges Kissen im Bett. »Und wie willst du Follower kriegen?«

Tea sieht nachdenklich aus. »Man müsste allen, die man kennt, davon erzählen, aber dann würden mich die Leute in Bokarp sicher hassen. Die Einzige, die von ›Miss Pinky‹ weiß, ist Fatima. Sie unterstützt mich hundertprozentig.«

Tea lässt sich auf den Bürostuhl sinken. In der einen Hand hält sie eine kleine Dose mit glänzendem Inhalt. Sie steckt den Finger hinein, beugt sich zum Spiegel vor und trägt die glänzende Creme auf die Lider auf. »Typisch, dass man ausgerechnet in Bokarp wohnt«, seufzt sie. »Hier darf man sich einfach nicht entfalten.«

»Und du willst Miss Pinky sein?«

Sie nickt.

»Bist du dir da ganz sicher?«

Sie nickt nochmals.

»Vielleicht hast du ja Freunde in Stockholm, die mich anschauen wollen?«

Ich denke an meine alten Klassenkameraden. Bei einigen könnte ich mir durchaus vorstellen, dass sie eine Weile einem Mädchen zuschauen, das wie eine Erwachsene über Schminke redet – um mir einen Gefallen zu tun.

»Ich kann ihnen deinen Link schicken, aber dann müsstest du etwas für mich tun.«

14

Mange hat einem Nachbarn ein Fahrrad für mich abgekauft. Es glänzt rot und sieht ganz neu aus. Ich steige vorsichtig auf und trete in die Pedale. Bald ist es, als hätte ich nie etwas anderes getan. Ich bin ungeheuer schnell und wendig und weiß genau, wann ich bremsen oder ausweichen muss. In Bokarp lernen die Leute genauso früh Fahrrad fahren wie laufen. Ich habe in meinem ganzen Leben nur ein Fahrrad besessen, ein schwarzes. Mama hat es gekauft, als ich ungefähr sechs war, aber sie saß schon damals im Rollstuhl, und wir konnten nie zusammen fahren. Mindestens ein Jahr verging, bis mir die Mutter einer Freundin beibrachte, wie's geht. Da war ich aber bereits zu groß für das schwarze Fahrrad.

Ich unternehme eine Fahrradtour, um Nadine hinterherzuspionieren. Unterwegs fantasiere ich mir alles Mögliche über Nadine zusammen: dass sie in einem Schloss mit Bediensteten wohnt und eine strenge Mutter hat, die an Schneewittchens böse Stiefmutter erinnert.

Momentan habe ich mir von den Gedanken über die Familie Persson freigenommen und versuche nicht mehr, die Stimmung in dem braunen Haus auszuloten. Ich setze mich bei Tisch an den vorgesehenen Platz, esse mein Müsli und frage, ob ich den Tisch verlassen darf. Ich trinke Wasser aus meiner Trinkkelle und putze meine Zähne Viertel vor neun. Ich mache alles, wie es von mir erwartet wird, und hoffe auf ein Wunder: dass mir mit einem Mal alles ganz natürlich vorkommt. Aber wenn ich abends am Fenster stehe, sehe ich Petra, die das kleine Bäumchen gießt, und muss mir zwangsläufig die Frage stellen, was eigentlich los ist.

Am Tag nach unserem Gespräch hat Tea vor dem Schulhof auf Nadine gewartet. Sie ist ihr bis zur Haltestelle gefolgt und dann in den gleichen Bus gestiegen. Nach einigen Kilometern ist Nadine ausgestiegen und zehn Minuten einen Kiesweg durch den Wald entlanggegangen. Tea ist ihr gefolgt und hat bei der Gelegenheit das Schild mit dem Straßennamen fotografiert. Nachdem ich dieses fotografische Beweisstück erhalten hatte, habe ich den Miss-Pinky-Link an alle Leute verschickt, die mir eingefallen sind. Zu Hause haben sie mich sicher für vollkommen verrückt gehalten.

Ich habe sogar meine Mutter aufgefordert, sich Teas Videos anzuschauen. Sie hat sich gleich Sorgen gemacht – meinetwegen. »So darfst du aber nicht werden, versprich mir das, Billie.« Manchmal hat sie Angst, dass ich ganz normal werde. »Komm mir bloß nicht als Langweilerin nach Hause. Versprich mir das.« Ich wage nicht, ihr zu erzählen, dass ich jeden Morgen freiwillig mein Bett mache.

Wie eine Verrückte trete ich in die Pedale. Der Wald und die Felder breiten sich immer mehr aus. Wind im Gesicht und in den Haaren. Freiheit. Von der breiten Straße zweige ich auf eine schmale ab. Mir war schon klar, dass Nadine auf dem Land wohnt. Aber ich hatte keine Ahnung, wie viel Bäume es auf dieser Welt gibt, oder wie viele Insekten mir in die Nase kriechen wollen. Ich kontrolliere auf meiner Navi-App, dass ich mich auf dem richtigen Weg befinde. Fünf Minuten später bin ich da.

Das kleine Haus liegt einsam an einem Bach, der sich durch die Landschaft schlängelt. Davor steht ein älteres Auto. Ein einsamer Hund läuft hin und her und bellt leise: der Golden Retriever. Ich werfe mein Fahrrad auf den Waldboden, schleiche mich näher und verstecke mich hinter einem Schuppen. Die Haustür ist halb offen. Auf einer Leine hängt Wäsche. Die Laken flattern im Wind.

Eine Frau mit ebenso langem braunem Haar wie Nadine kommt heraus. Sie schiebt ihre Hand in die Tasche und zieht ein Päckchen Zigaretten hervor, lässt sich auf die Stufen sinken und zündet sich eine Zigarette an. Dann inhaliert sie tief. Ihre Art zu rauchen erinnert mich irgendwie an Mama.

Die Tür geht wieder auf. Nadine kommt heraus. Unruhig späht sie zum Weg hinüber, auf dem ich vor Kurzem gekommen bin. »Willst du nicht reinkommen?« Die Frau, die ich für ihre Mutter halte, antwortet nicht. Eine Weile herrscht Stille. Der Wind rüttelt an den Bäumen um mich herum und fährt mir in meine Dreads. Ich gehe hinter dem Schuppen in Deckung.

Als ich wieder hinüberschaue, sitzt die Mutter immer noch auf der Treppe. Sie drückt die Zigarette aus und nimmt sich eine neue. Nadine legt ihrer Mutter eine Decke über die Schultern und zieht sie an sich.

Alles ist still.

In meinem Inneren breitet sich ein schmerzhaftes Gefühl aus. Zuerst verstehe ich nicht, warum. Dann wird es mir klar. Ich sehne mich nach Mama.

Dann radle ich in den Ort zurück. Der Wind fährt mir in die Kleider. Ich liebe die leere Straße, ich liebe es, allein zu sein, umgeben von Wald. So laut wie nur möglich singe ich Michael Jackson. Zu Hause renne ich an den anderen vorbei, die vor dem Fernseher sitzen. Sie wollen wissen, wo ich gewesen bin, aber ich antworte nicht. Dann krieche ich unter die Decke, um nachzudenken. Nadine und ihre Mutter haben wie die einsamsten, traurigsten Menschen dieser Erde ausgesehen. Petra kommt herein und setzt sich behutsam auf den Bettrand.

»Du musst nicht immer so wohlerzogen sein, Billie.« Sie neigt ihren Kopf zur Seite. »Ich wünschte, wir dürften dir helfen.«

»Ich kann dir auch helfen.«

»Nein, es ist die Aufgabe der Erwachsenen, den Kindern zu helfen.«

»Warum?«

Sie lacht kurz auf. Am liebsten würde ich ihr erklären, was sie eigentlich tun müsste: mit Alvar und Tea reden und ihnen erzählen, warum sie sich manchmal zu viel und manchmal zu wenig um sie kümmert.

»Du musst mehr schlafen«, erklärt Petra. »Ich weiß, dass du nachts mit dem Laptop daliegst.«

»Ich versteh' schon, aber ich brauche nicht viel Schlaf.«

»Das denkst du nur.«

»Was kann schon groß passieren? Ich werde schon nicht sterben.«

Sie starrt mich an, als hätte ich etwas Schreckliches gesagt. Ich folge ihr mit dem Blick, während sie das Zimmer verlässt. Ein Hauch ihres Parfüms hängt in der Luft. Was ist gerade geschehen? Notfallmäßig rufe ich Mama an.

»Ich darf doch bald wieder zu dir nach Hause?«

»Aber sicher«, erwidert Mama.

»Versprich's mir.«

»Versprochen, Billie.« Mama hebt ihre steife Hand und versucht, den Zeigefinger zu bewegen. »Ich verspreche dir, dass ich mir Mühe gebe.«

15

Evin und die anderen schwirren in der Schule wie die Fliegen um mich herum. Ich erzähle ihnen, dass ich mit Nadine geredet, aber nichts herausgefunden habe. Sie bitten mich, es weiterhin zu versuchen, weil es schlechte Stimmung gibt, wenn sich eines der Mädchen von den anderen absondert. Nadine hat nicht die richtigen Apps auf ihrem Handy und spielt nicht Tischtennis. Sie tut, was in Bokarp verboten ist: Sie wählt die Einsamkeit. Sie reden darüber, wie komisch es ist, nicht mit den anderen chillen zu wollen, nicht an den Internet- oder Whatsapp-Gruppen teilzunehmen, sich einfach nichts aus diesen Dingen zu machen. Ich habe Angst, sie könnten merken, dass auch auf mich in dieser Hinsicht nicht so ganz Verlass ist.

Nachdem ich fast alle Mädchen in der Klasse abgearbeitet habe, fehlt mir die Kraft, zu jemandem nach Hause zu gehen. Ich behaupte, die Perssons fänden, ich sei zu oft weg gewesen. Immerhin spiele ich zweimal die Woche Tischtennis, und dann fahren Evin und ich immer zusammen zur Sporthalle. Sie lacht über alle meine Scherze. Ich lache über ihre. Und zwar wirklich. Die anderen wollen uns begleiten, aber Evin sagt, wir seien bereits miteinander verabredet. Nicki findet das unfair. Sie will mit mir zusammen sein und viele andere auch. Eigentlich müsste ich Evin widersprechen und ihr sagen, dass sie mich nicht mit Beschlag belegen kann, und dass wir auch zu mehreren zusammen sein können.

Nach einer Weile gebe ich nach und beschließe, dem Gospelchor eine Chance zu geben. Filippa singt auch, und wir radeln nach der Schule zum Gemeindehaus. Filippa hängt sich bei mir ein und drängt sich an mich. »Evin ist wahnsinnig anstrengend. Ich mag sie sehr, das schon, aber ...«
»Ja, was?«
Sie seufzt gequält. »Ich weiß nicht, ob es dir schon aufgefallen ist, aber Evin ... Sie will immer alles bestimmen. Man muss machen, was sie will, sonst wird sie sauer.«
Sie wirft mir einen unschuldigen Blick zu. »Nicht wahr?«
»Ich weiß nicht, ich bin ja noch nicht so lange hier ...«
Filippa lässt meinen Arm los. »Ich kenne Evin. Sie nervt wahnsinnig.«
»Warum sagst du's ihr dann nicht?«
»Glaubst du etwa, das ist einfach?«
»Du kannst es doch versuchen. Vielleicht weiß sie gar nicht, wie du denkst.«
»Das geht eben nicht!«
Vielleicht hätte ich ihr beipflichten und mich darüber beklagen sollen, dass Evin immer alles entscheidet, um mich bei Filippa einzuschmeicheln. Dann wären Filippa und ich beste Freundinnen, und Evin wäre außen vor. Möglicherweise

wäre ich dann die neue Evin. Hätte ich diese Gelegenheit ergreifen sollen?

Im Gemeindehaus haben sich Leute aller Altersgruppen zusammengefunden. Ich bin sofort glänzender Laune. Ich wusste gar nicht, dass es in Bokarp so viele Menschen gibt, die ich noch nicht getroffen habe. Ich erzähle einem älteren Mädchen, dass ich neu im Ort bin. Sie scheint mich zu mögen, zupft etwas an meinen Haaren herum und sagt, dass sie sich ihr Leben lang nach Stockholm gesehnt hat. Jetzt muss sie nur noch ein paar Jahre das Gymnasium besuchen, dann kann sie wegziehen, erzählt sie. Ich schiele zu Filippa hinüber. Sie steht in einer Ecke und sieht sauer aus. Sicher müsste ich deutlicher zeigen, dass ich mit ihr hier bin.

Bevor wir zu singen anfangen, melde ich mich und frage, was Gospel überhaupt sei. Filippa verdreht die Augen. Petra erklärt, dass es sich dabei um Kirchenmusik handelt, die ein wenig an Blues erinnert und aus den USA stammt. Ich weiß zwar nicht, was Blues ist, aber dass er lustiger als Kirchenlieder ist, klingt ja schon mal gut. Sobald wir lossingen, merke ich, wie die Musik in meinem Körper prickelt, genau wie wenn ich Michael Jackson höre. Ich vergesse vollkommen, dass ich in Bokarp bin, und singe mit, was das Zeug hält.

Erst nach einer Weile fällt mir auf, dass mich die Leute anschauen. Ich höre, wie meine Stimme alle anderen übertönt, und merke, dass ich vor und zurück wippe. Petra strahlt mich an. Das Mädchen von vorhin auch. Filippa lächelt *nicht*. Mir fällt auf, dass alle beim Singen ruhig an ihren Plätzen stehen. Fast werde ich wütend. Ich meine, die Musik geht einem ja durch und durch.

Immer wieder von Neuem übt Petra die verschiedenen Stimmen mit uns. Niemand glaubt mir, dass ich nicht gewusst habe, was eine Stimme ist. Sie können ja nicht wissen, dass ich noch nie einer Freizeitbeschäftigung nachgegangen bin. Mama hat mich nach der Schule gebraucht. Ich habe gekocht, alle möglichen Dinge erledigt und den Pflegern geholfen. Mama und ich haben Filme und Fernsehserien angeschaut. Wir haben darüber gestritten, wer am klügsten war oder am besten ausgesehen hat, und diskutiert, wer der Mörder sein muss.

»Was man in Bokarp alles lernen kann!«, stelle ich fröhlich fest.

Das ältere Mädchen lacht laut und zieht schelmisch an einer meiner Dreadlocks.

Nach einer Weile singen wir einen langsameren Gospel, der »Amazing Grace« heißt. Ich glaube, dass er von jemandem handelt, der zu Gott gefunden hat. Die Melodie ist einfach toll, und während ich Worte, die ich nicht verstehe, mit möglichst viel Inbrunst singe, brechen die Gefühle über mich herein. Plötzlich fällt mir etwas auf: Petra singt fast gar nicht mehr. Ihr Mund bewegt sich nur ganz wenig, und ihre Augen glänzen. Eine Frau aus dem Chor geht zu ihr nach vorne und legt ihr den Arm um die Schultern. Sie umarmen einander, während wir alle weitersingen. Es ist seltsam, aber ich habe ein Gefühl der Zusammengehörigkeit, obwohl ich von wildfremden Leuten umgeben bin.

Petra bleibt noch eine Weile, also mache ich mich zusammen mit Filippa auf den Heimweg. Sie ist immer noch sauer. Saure Leute gehen mir wahnsinnig auf die Nerven. Wir schieben die Fahrräder neben uns her. Filippa erzählt, dass ihres fünftausend Kronen gekostet hat. Inzwischen ist es dunkel. Kein Mensch oder Auto ist zu sehen. Der Nebel umfängt die Straßenlaternen. Bokarp wirkt an diesem Abend gespenstisch.

»Willst du im Chor weitersingen?«, erkundigt sich Filippa. In diesem Moment wird mir klar, dass sie möchte, dass ich verneine.

»Natürlich.«

Filippa verzieht das Gesicht. »Dann solltest du lieber nicht so laut singen. Tut mir leid, dass ich das jetzt sagen muss, aber du kennst die Lieder ja nicht einmal.«

»Ich tue mein Bestes.«

»Ja, aber den anderen fällt es schwer, richtig zu singen, wenn da eine falsch singt.«

Schweigend setzen wir unseren Weg fort. Ich überlege mir, was sie wohl den anderen erzählen wird, wie sehr ich mich danebenbenommen habe. Ganz bestimmt wird sie mit Evin darüber tuscheln, dass ich nicht normal bin. Aber ich habe nicht die Kraft, etwas dagegen zu unternehmen. Jetzt nicht.

Meine Gedanken kehren immer wieder zu Petra zurück.

»Was da wohl los war«, sage ich, »als sie getröstet wurde.«

»Was?«

»Na, als Petra so traurig war.«

Filippa bleibt unter einer Straßenlaterne stehen und genießt es sichtlich, die Antwort zu kennen. »Ja, weißt du das denn nicht?«

»Was?«

»Echt nicht? Hat dir niemand etwas erzählt?«

»Ja, was denn?«

Filippa hebt triumphierend das Kinn. »Dass Casper vor zwei Jahren gestorben ist.«

»Casper?«

»Petras und Manges Sohn. Der kleine Bruder von Alvar und Tea. Haben sie dir nichts gesagt?«

Es ist, als hätte mich jemand mit voller Wucht in den Bauch geboxt. Filippa wartet mit herausfordernder Miene auf meine Reaktion. Ich schwinge mich aufs Rad und trete in die Pedale.

Erst als ich die Auffahrt erreiche, halte ich an. Zwischen den Bäumen schimmert Licht vom Gartenhäuschen her. Ich eile über den Rasen. Hole tief Atem und reiße dann die Türe auf. Er sitzt am Tisch und werkelt an einer neuen Figur.

»Warum hast du nie etwas gesagt?«

Alvar weicht meinem Blick aus. »Was denn?«

»Casper.«

Er lässt das Tonmännchen auf den Tisch fallen. Die Farbe verschwindet aus seinem Gesicht.

»Hätte ich nie davon erfahren sollen? Wie?«

Alvar nimmt die Tonfigur wieder in die Hand und biegt sie zurecht. Wie ein vollkommener Trottel stehe ich da. Ein Trottel, dem niemand etwas erzählen wollte.

Er schweigt und will auch jetzt nicht über Casper reden. Niemand will über Casper reden. Das wird mir jetzt klar. Alle tun so, als wäre nichts passiert. Sie unternehmen ihre Ausflüge, als sei nichts geschehen. Essen ihre Mahlzeiten, als sei nichts geschehen. Und wenn Tea nicht superpünktlich nach Hause kommt, glauben sie gleich, dass sie genau wie er aus ihrem Leben verschwinden wird.

»Hast du Fotos von ihm?«

Alvar bleibt einige Sekunden regungslos sitzen, dann schiebt sich seine Hand Richtung Hosentasche. Er sucht in seinem Handy. Reicht es mir. Ein kleiner Junge ist auf dem Display zu sehen. Ein kleiner Junge, der lacht und im Garten spielt und im Sommer im Meer badet. Der kleine Junge sitzt auf dem Arm seiner Mutter. Er wird von seiner großen Schwester und seinem großen Bruder umarmt, von seinem Vater getragen. Alvar lacht auf den Bildern, wie ich es noch nie gesehen habe. Aber damals war er jünger. Und er hatte einen kleinen Bruder.

»Was ist passiert?«

Alvar nimmt die Tonfigur wieder in die Hand. »Ich muss jetzt weitermachen.«

Er tut mir leid. Vielleicht hat er seit dem Begräbnis kein Wort über Casper verloren. Wer weiß schon, wie komisch die Leute sind, wie komisch die Familie Persson ist.

Beim Skypen erzähle ich Mama davon. Sobald mir das Wort »tot« über die Lippen kommt, fängt sie an zu weinen und kann dann nicht mehr aufhören. Sie weint und weint und sagt, dass alles so sinnlos sei, das ganze Leben sei sinnlos. Mama hat ganz klar eine ihrer depressiven Phasen. Dann ist sie überhaupt keine Stütze. Also beschäftigt mich die Frage nach unserem Abschied immer noch sehr: Wer soll der Familie Persson helfen? Ich schleiche mich in das Wäldchen hinter dem Haus und singe. Immerhin ist *mir* damit geholfen.

16

Das Einzige, woran ich denken kann, ist Caspers Tod. Ich träume von dem Lachen, das früher in diesem Haus zu hören war, und wie es hier wurde, als er einfach verschwand. Es wurde still. Es wurde traurig. Mange und Petra konzentrierten sich auf pünktliches Erscheinen zu den Mahlzeiten und gesunde Kost, und zwar immer. Obwohl ich Casper nicht gekannt habe, ist es unmöglich, ihn zu ignorieren. Es ist beinahe, als wäre er *mein* Bruder. Ich betrachte Petra mit ganz neuen Augen, während sie ein Regal montiert, das sie in der Stadt gekauft hat. Sie ist in ihrer eigenen Welt, wo es ihr am besten gefällt. Einmal bekomme ich mit, wie sie sich mit einer Nachbarin über deren Ehemann unterhält. Ihrer Stimme ist anzuhören, dass sie gerne über die Probleme der Nachbarin spricht, um ihre eigenen zu vergessen. »Du bist die Einzige, die mir zuhört«, sagt die Nachbarin. »Wie sollte ich es ohne dich nur schaffen?« Petra und die Nachbarin umarmen sich. Petra erklärt ihr, dass sie ihre schlechte Beziehung hinter sich lassen kann, wenn sie ihre eigenen Gefühle ernst nimmt.

Ich gehe am Sonntag zum Gottesdienst und höre mir an, was Petra zu sagen hat. Sie spricht wieder davon, bei Jesus Trost zu finden. Mir ist jetzt klar, dass alle ihre Worte mit Casper zu tun haben. Hören die anderen das auch? Ja, schließlich wissen alle, dass die Pfarrerin ihr Kind verloren hat. Sicher haben sie danach ständig darüber geredet. Aber mit der Zeit hat man damit aufgehört, und dann war es fast, als wäre es nie geschehen. Mein Blick schweift in der Kirche herum, über die Rentner in den Bankreihen und die Goldengel an der Decke. Ganz vorne hängt Jesus. Wie erwartet, hat er nicht viel beizutragen.

Ich versuche, ein noch unkomplizierteres Kind als vorher zu sein. Ich beteuere, dass es auf der Welt keinen besseren Ort als Bokarp gibt. Petra betrachtet mich erstaunt. Mange runzelt bekümmert die Stirn, wenn ich nach dem Essen die Töpfe spülen will. Sie haben sicher erwartet, dass meine Aufnahme eine Herausforderung darstellen würde. Vielleicht sind sie geradezu enttäuscht.

Mange trainiert viel. Er ist fast öfter in der Sporthalle als zu Hause. Er möchte die Familie dazu anregen, mit ihm Sport zu treiben, aber weder Alvar noch Tea sind daran interessiert. Und Petra macht nur Yoga. Um ihm eine Freude zu bereiten, schlage ich ihm vor, zu joggen. Er ist überglücklich. Ich habe bislang nur am Orientierungslauf in der Schule teilgenommen. »Nichts ist wohl schlimmer, als sich bewegen zu müssen«, sagt Mama, die ja keine andere Wahl hat. Das erzähle ich Mange beim Joggen als eine Art Witz. Aber Mange lacht nicht. Er erkundigt sich besorgt nach ihrer Gesundheit. Ich antworte, dass sie einen Arzt hat, den sie dauernd aufsucht, verschweige aber die vielen Tabletten, die sie schluckt.

Ich möchte nach Casper fragen, traue mich aber nicht. Stattdesssen unterhalten wir uns über lustige Filme. Wir mögen die gleichen Schauspieler. Ich spreche englische Dialoge und er muss erraten, aus welchem Film sie stammen. Er findet, dass ich wie eine waschechte Amerikanerin klinge.

»*That sounds great!*«, antworte ich.

Dann erzähle ich ihm, dass ich Horrorfilme mag, und er vergisst einen Moment lang, dass ich ein Kind bin und so etwas gar nicht kennen dürfte. Mange hat im Keller einen geheimen Vorrat an Filmen, von denen die Kinder nichts wissen, vertraut er mir an, und zwar Filme, die Petra hasst. Es stellt sich heraus, dass ich mehrere davon gesehen habe. »Sie sind zwar nicht unbedingt lehrreich«, meint Mange, »aber ich mag sie einfach trotzdem.«

Ich verspreche, niemandem etwas zu verraten. Mange betrachtet mich voller Respekt. Zum Scherz verstecke ich mich hinter einem Baum und springe dann plötzlich vor seine Füße. Mange bekommt einen gewaltigen Schreck, schreit auf und landet mit einem Satz in einem Ameisenhaufen. Ich helfe ihm dabei, die Ameisen wieder abzuwischen. »Ich hab doch nur Spaß gemacht«, erkläre ich, »entschuldige.« Aber er findet nicht mehr so recht zu seiner guten Laune zurück.

Wir machen uns auf den Heimweg.

»Wenn ihr ein Problem habt, könnt ihr euch immer an mich wenden«, sage ich.

Mange verlangsamt seine Schritte. »In welcher Hinsicht?«

»Ach, nichts Besonderes.«

»Okay, aber ... eigentlich sollst du uns ja deine Sorgen anvertrauen. Wenn du dir Gedanken über deine Mutter machst, beispielsweise.«

»Aber ihr könnt mir auch von euren Sorgen erzählen«, erkläre ich. »Ich bin für euch da.«

»Das ist aber nicht üblich, Billie.«

»Was?«

»Dass Erwachsene Kindern ihre Probleme anvertrauen.«

»Warum nicht?«, frage ich. »Warum soll ich euch von meinen Problemen erzählen, aber nicht umgekehrt?«

Er kratzt sich verwirrt am Kopf. »Weil ... Kinder noch nicht reif genug sind, alles zu verstehen.«

»Aber ihr seid reif?«

»Ich denke schon.« Doch in seinen Augen lese ich, dass er sich da nicht so sicher ist.

17

Ich gehe wie gewöhnlich zur Schule, obwohl Casper tot ist.
Aber ich kann mich nicht so gut auf den Unterricht konzentrieren. Vielleicht ist es auffällig, denn Roya bittet mich wieder einmal, nach der Stunde noch zu bleiben. Alvar muss
draußen auf mich warten, damit wir zusammen nach Hause gehen können.

Die Sonne scheint durch die Fensterscheiben, die heute
noch staubiger sind als letztes Mal. Roya trägt einen lustig gemusterten Pulli und lange Ohrringe aus Federn. Sie
möchte wissen, was meine Gedanken so beschäftigt. Sie ist
so lieb, dass ich am liebsten weinen würde. Aber das war
noch nie meine Art. Nicht einmal, als mir das Jugendamt
mitgeteilt hat, dass ich von zu Hause wegziehen muss, habe
ich geweint.

Außerdem ist es riskant, jetzt mit der Trauer um Casper
anzukommen. Vielleicht setzt sich Roya dann mit Alvar in
Verbindung und schlägt ihm vor, zum Schulpsychologen zu
gehen. Das käme mir wie Verrat vor. Also erkläre ich Roya,
dass ich an nichts Besonderes denke.

»Ganz bestimmt nicht?«

»Nein.«

Sie betrachtet mich besorgt. »Du weißt aber, dass du immer mit mir reden kannst.«

»Bloß weil ich ein Pflegekind bin, muss es mir ja noch lange nicht andauernd schlecht gehen.«

Roya nickt. »Das stimmt natürlich.«

»Manchmal brauchen vielleicht Leute, denen man das gar nicht ansieht, Hilfe. Und umgekehrt.«

»Ich kann mir denken, dass du ein Gespür für solche Dinge hast«, sagt Roya lächelnd, »dafür, wer Hilfe benötigt.«

»Kann schon sein.«

»Das ist eine gute Eigenschaft, Billie. Vielleicht die beste überhaupt.«

Ganz spontan stehe ich auf und falle ihr um den Hals.

Als ich auf den Schulhof komme, sehe ich Alvar in einiger Entfernung auf einer Bank sitzen. Im nächsten Augenblick erhebt sich Evin von der Erde neben der Hauswand. Sie scheint ebenfalls auf mich gewartet zu haben. Es wundert mich ein bisschen, aber eigentlich nicht wirklich. Am Tag nach dem Chor ist mir aufgefallen, wie mich alle angeschaut haben. Sobald ich mich näherte, haben sie miteinander getuschelt und mich nicht so fröhlich wie sonst immer zu sich gerufen. Etwas später habe ich dann gehört, wie jemand den Chor erwähnte, als ich vorbeiging. Mir war gleich klar, dass Filippa allen erzählt hat, dass ich zu laut gesungen habe. Gerade deswegen habe ich laut gerufen, dass ich den Chor liebe, und dann ganz laut einen Gospel angestimmt. Evin hat gelacht, bis ihr fast die

134

Tränen kamen. »Man darf doch auch singen, wenn man kein Wunderkind ist«, sagte ich, als wir Arm in Arm Richtung Klassenzimmer gingen. Evin stimmte mir zu. Filippa starrte wütend vor sich hin.

Evin drängt sich an mich und flüstert mir ins Ohr, dass ich cooler sei als alle anderen in der Schule. Sie fragt, ob ich zu ihr nach Hause kommen wolle, um mit ihren Kaninchen zu spielen. Obwohl ich Evin sehr mag, beschleicht mich eine leise Panik. Mir wäre es lieber, wenn sie mich nicht ganz so gern hätte, dann müsste ich nicht so oft Nein sagen. Das Einfachste wäre natürlich, Evin nach Hause zu begleiten, aber ich bin ja bereits mit Alvar verabredet. Außerdem waren Evin und ich gestern beim Training zusammen.

Ich antworte, dass ich keine Zeit hätte. Evin tritt einen Schritt zurück.

»Willst du nicht mehr mit mir zusammen sein?«

»Doch, natürlich.«

»Das wirkt aber nicht so«, erwidert Evin beleidigt.

»Ich habe Mange und Petra versprochen, nach Hause zu kommen.«

»Wirklich?«

Alvar kommt auf uns zu. Evin betrachtet erst ihn, dann mich. Blitzschnell dreht sie sich um und geht davon. Ihre Schultasche klatscht wütend gegen ihr Bein. Am liebsten würde ich ihr hinterherrufen, dass ich schrecklich gerne mit ihren Kaninchen spiele, morgen, aber die Worte bleiben mir im Hals stecken.

Ich weiß noch, wie es anfänglich in der ersten Klasse war. Meine Klassenkameraden fanden mich komisch, weil ich nicht eine beste Freundin haben, sondern verschiedene Dinge mit verschiedenen Leuten unternehmen wollte. Manchmal wollte ich mit den Jungs zusammen sein, nicht etwa, weil ich mich für Fußball interessiert hätte, sondern weil ich manche von ihnen mochte und beweisen wollte, dass ich ein freier Mensch bin. Nach einer Weile hat das auch geklappt. Ich hatte viele verschiedene Freunde. Aber vielleicht ist das ja in Bokarp nicht möglich.

Alvar und ich machen uns auf den Heimweg. In letzter Zeit reden wir mehr miteinander. Wenn er erst mal loslegt, verändert sich sein Gesicht. Er verwandelt sich in einen Menschen mit einer Persönlichkeit.

Ich würde gerne mehr über Casper erfahren, aber Alvar erzählt mir, was er sich im Internet über Schlangen angelesen hat. Das Thema fesselt ihn momentan so ungemein, dass er seine Armee um einen Haufen mörderischer Kriechtiere mit magischen Fähigkeiten erweitert hat. Eines kann giftige Säure speien, ein anderes feuert mit den Augen Laserpfeile ab, die binnen einer halben Sekunde töten.

»Wo hast du das alles her, wo du doch nur jugendfreie Filme anschauen darfst?«

»Ich sehe auch ganz andere Sachen.« Er schluckt und sieht sich um. »Ich habe jede Menge runtergeladen.«

»Was?«

»Sag's niemandem!«

Ich denke an Mange und seine geheime Horrorsammlung.

»Versprochen.«

»Ich weiß nicht, ob ich irgendwie krank bin, aber ich mag vor allem Filme mit viel Gewalt.«

»Na, dann wären fünfundsiebzig Prozent der Bevölkerung krank.«

Alvar wirft mir einen dankbaren Blick zu. Dann kichert er kurz. »Wenn Mama und Papa das wüssten, würden sie mich sicher zum Psychologen schicken.«

»Dabei hätten die beiden selber eine Therapie nötig«, sage ich. »Weißt du noch, dass ich das schon mal gesagt habe?«

»Ja.«

Das Lächeln verschwindet von seinen Lippen. Er hat etwas hinter meinem Rücken erblickt. Ich drehe mich um. Douglas und Salim radeln vor dem Kindergarten herum und machen dabei Lärm. Alvars Miene ist auf einmal hart und streng.

»Warum hasst du Douglas?«, frage ich.

»Er ist ein Idiot«, antwortet Alvar.

»Und warum ist er ein Idiot?«

Er geht weiter und hat sich wieder in sich selbst verkrochen. Mit einem Mal bin ich wahnsinnig genervt. Über seine Fantasiemonster kann er mühelos plaudern, aber nicht über die Wirklichkeit.

»Warum erzählst du nicht einfach, was Sache ist?«

Er schaut mich unter seinem Pony finster an. »Was denn?«

»Wie ist Casper eigentlich gestorben?«

Ein Mofa knattert vorbei und verschwindet um die Kurve. Douglas' und Salims Gejaule ist immer noch zu hören. Alvar beschleunigt seine Schritte und atmet tief ein.

»Petra ... Mama, sie wollte Leute, die sie aus der Kirche kannte, besuchen. Oben in Solkullen. Sie hat Casper mitgenommen. Er hat sich geweigert, im Buggy zu sitzen, und wollte unbedingt selber gehen, ohne ihre Hand zu nehmen. Und dann, vor dem Kiosk, als sie ein paar Bekannte begrüßte, ist er auf die Straße gerannt, und dann ...«

Alvars Unterlippe zittert. Sein Gesicht ist knallrot.

»Ist ein Auto gekommen?«

Alvar nickt. Er atmet so heftig, dass ich ihm eine Hand auf die Schulter lege. Es dauert eine Weile, bis er sich beruhigt. Im gleichen Moment fällt mir ein, was Roya über mein Gespür gesagt hat.

18

Tea will zu hundert Prozent meine Freundin sein, weil ich ihre Schminkvideos mit Leuten aus meiner alten Klasse geteilt habe. Fünfundzwanzig Personen haben sie bereits angeklickt. Sie redet ununterbrochen über das tolle Gefühl, wenn einem die Leute zuschauen, denn sie weiß ja nicht, dass sie ihre Videos nur anklicken, um mir einen Gefallen tun.

Meine Freunde finden Miss Pinky so bizarr, dass sie schon wieder lustig ist. Sie finden es witzig, dass sie überhaupt keinen Humor hat, sondern ihre Tipps mit einem tödlichen Ernst vorbringt. »Sie sieht total deprimiert aus, wenn sie über Rouge redet«, schreibt mir Fanny im Chat. »Ihre Schminkvideos machen mich noch süchtig!« Ich verstehe, was sie meinen, aber ich kann nicht über Tea lachen. Nicht, seitdem ich weiß, was sie durchgemacht hat.

Wir sitzen in ihrem Zimmer und unterhalten uns. Ich würde gerne mehr über Casper erfahren, aber Tea ist mit ihren eigenen Dingen beschäftigt. Sie kommt näher und erzählt mit leiser Stimme, dass sie ihr Erspartes für Schminke ausgegeben hat. Sie nennt es eine Investition. Sie meint, dass sich die Kosmetikfirmen, sobald sie eine Menge Viewer hat, mit ihr in Verbindung setzen und ihr kostenlose Produkte schicken werden.

»Und was passiert dann?«

»Wie dann?«

»Wenn dir ganz Schweden zuschaut.«

Sie öffnet ihren Mund und schließt ihn dann wieder. Klickt ein Miss-Pinky-Video an. Darin trägt sie einen engen rosa Pulli und schminkt sich mit steinernem Gesichtsausdruck. Sie spricht mit eintöniger Stimme über ihre Produkte und gibt Tipps, wann sie anzuwenden sind: wochentags, in der Schule oder zu einer Geburtstagsparty. Besorgt überlege ich mir, wie wohl die Mädchen in ihrer Klasse reagieren werden, wenn sie Miss Pinky entdecken. Es ist durchaus denkbar, dass sie gemeine Dinge zu ihr sagen.

»Ich habe eine Idee«, sage ich. »Schmink dich doch einfach jedes Mal anders. Einmal wie eine Rockerbraut, das nächste Mal wie ein Monster ...«

Tea schaut mich an, als ob ich bescheuert wäre.

Sie fragt, ob sie mich schminken darf. Sie darf.

Ich stelle mich als Schminkmodell zur Verfügung, das ist wohl das Mindeste, was ich tun kann.

Begeistert erzählt sie von den Sachen, die sie verwendet. Da gibt es zum Beispiel eine Creme, die die Unebenheiten ausgleicht. Ich frage sie, was an meiner Haut ausgeglichen werden muss. Sie erklärt mir, dass unregelmäßige Stellen ganz normal sind, und gibt mir einen tröstenden Klaps. Dann erzählt sie, warum sie diese Beschäftigung so liebt.

Mit schwärmerischem Blick sucht sie nach den richtigen Worten. Sie kann Stunden damit verbringen. Die Zeit verfliegt. Nur sie und die Schminke existieren.

»Als wäre die Schminke ein Teddybär?«

Sie nickt, als hätte ich tatsächlich kapiert, worum es geht.

»Umarmst du die Wimperntusche vor dem Schlafengehen?«

Schnauben.

Ich frage, wie es in der Schule so läuft. Tea erzählt, dass Fatima als Einzige nett zu ihr ist, aber Mange und Petra scheinen sie nicht so zu mögen.

»Warum nicht?«

»Vielleicht, weil sie in Solkullen wohnt.«

»Was ist daran so schlimm?«

Tea zuckt mit den Schultern. »Sie sind ganz panisch, seit ...«

»Seit ...?«

Sie versucht, ein durchsichtiges Schächtelchen mit dünnen Pinseln zu öffnen, und zerrt ungeduldig am Deckel.

»Mann ...!«

»Seit Casper ...?«

Tea dreht sich blitzschnell zu mir um. »Tschüss.«

Ich frage mich echt, *echt*, warum es so schlimm sein soll, miteinander zu reden. Wie konnte das Jugendamt nur auf die Idee kommen, dass es besser für mich sei, hier zu wohnen? Bloß weil sie regelmäßig kochen und Wochenendausflüge unternehmen, heißt das noch lange nicht, dass sie so viel gesünder als Mama sind. Mama hat mir immer alles erzählt, gelacht, wenn sie froh war, und geweint, wenn sie traurig war. Okay, zugegeben, meistens hat sie geweint. Aber es wäre tausend Mal schlimmer gewesen, wenn ich nicht gewusst hätte, wie es ihr geht.

Evin und die anderen lassen wegen Nadine einfach nicht locker. Am allermeisten nervt mich Filippa damit. Während des Unterrichts fällt mir auf, dass sie mich mustert. Vielleicht hat sie ja Angst, dass ich Evin erzähle, wie sie über sie gelästert hat. Sicher wartet sie nur auf eine Gelegenheit, die anderen gegen mich aufzuhetzen.

Ich habe es nicht geschafft, mich so viel um Nadine zu kümmern, aber auf dem Weg zum Sport holt sie mich ein. Sie streicht sich über ihr glänzendes Haar und holt tief Luft. Insgeheim bewundere ich ihre langen Wimpern. Einen Moment lang überlege ich mir, ob ich mich in sie verlieben könnte.

Sie beugt sich vor und flüstert mir ins Ohr. »Ich muss mit dir reden.«

»Jetzt?«

Sie schüttelt entschieden den Kopf. Ich schaue zur Seite und sehe, dass uns Filippa und Evin aus einiger Entfernung beobachten.

»Nach der Schule«, fährt sie fort. »Im Tunnel.«

Während der Sportstunde landen Evin und Filippa im gleichen Team. Evin, die in allen Ballsportarten unschlagbar ist, schießt ein Tor nach dem anderen. Filippa spielt ihr immer perfekt zu. Mich dribbeln sie mühelos weg und machen nach jedem Tor high five. Nach dem Spiel umarmen sie sich und rufen, dass sie die Handball-WM gewinnen werden.

In der Umkleide kichert Evin mit Filippa weiter. Mich beachten sie nicht. Nicki und ein paar andere wollen mit mir reden, aber ich bin nicht interessiert. Als Filippa auf dem Klo verschwindet, schleicht Evin sich an mich heran und fragt, was Nadine vorhin von mir wollte. Auf einmal weiß ich nicht mehr, was ich will. Wenn ich auf Evin pfeife, dann will Nadine vielleicht meine Freundin sein. Sicher ist das aber nicht. Ich schiele zu Nadine hinüber, die mit ernster Miene ihre Kette schließt. Möchte ich mit ihr befreundet sein?

»Filippa macht mich noch ganz verrückt!« Evins Lippen streifen meine Backe. »Sie klebt wie ein Pflaster an mir. Ich will mit Leuten zusammen sein, die nicht wie alle anderen sind.«

Mir wird ganz warm ums Herz. Und schon erzähle ich ihr, dass ich später mit Nadine verabredet bin. Evin legt ihren Arm um meine Taille. »Jetzt werden wir alles erfahren. Und das ist dein Verdienst!«

Nach der Schule fahre ich mit dem Rad zur Fußgängerunterführung, die unter der großen Straße durchführt. Bisher habe ich den Tunnel gemieden, weil es dort dunkel ist und nach Pisse riecht. Jedenfalls hat Alvar das immer behauptet. Und dass er dort schon einmal eine Ratte gesehen hat.

Vorsichtig trete ich ins Dunkel. Es riecht wie von Alvar beschrieben, und es ist so kalt, dass ich den Reißverschluss bis unters Kinn hochziehe. Ich rede mit mir selbst über alltägliche Dinge. Und singe fröhliche Lieder. Meine Stimme fließt in dem hallenden Tunnel zu einem Brei zusammen. Auf die schwachen, hellgelben Lampen sind mit schwarzem Stift eklige Ausdrücke gekritzelt.

In der Mitte bleibe ich stehen. Ein eiskalter Tropfen landet in meinem Nacken und kriecht an meinem Rückgrat nach unten. Nach einer halben Ewigkeit sind Schritte zu hören. Was ist, wenn jetzt ein Mörder oder Vergewaltiger oder einer, dem mein Haar nicht passt, daherkommt? Nein, das sind bloß Hirngespinste.

Eine eiskalte Hand auf meiner. »Ich kann nicht mehr. Ich habe niemanden, mit dem ich reden kann. Niemanden, der mich versteht.«

Dabei haben wir nur ein paar Worte in der Mensa gewechselt. »Was versteht?«

Sie sieht sich kurz um. Dann entschlüpft ihr ein leises Jammern. Das Geräusch wächst in dem hallenden Tunnel. Es macht mir Angst. Trotzdem nehme ich ihre Hand und streiche ihr über den Arm.

»Ich kann nicht mehr«, wiederholt sie.

»Wieso nicht?«

»Kannst du schweigen?«

»Ja.«

»Ich will mich nicht mehr verstecken.«

144

»Vor ...?«

Sie betrachtet die Betonwand und knetet ihre Hände.

»Ein Psychopath?«, schlage ich vor. »Ein Verrückter, der euch umbringen will?«

Sie schüttelt den Kopf. »Oder ... ja, vielleicht.« Sie flüstert mir ins Ohr. »*Er verfolgt uns.* Er schlägt Mama.«

»Wer?«

»Papa.«

Ich bin ganz baff. Der coole Vater aus London – ein Typ, der Frauen schlägt. Ja, es scheint so.

Sie können sich nie entspannen. Sobald er ihnen auf den Fersen ist, müssen sie umziehen. Kein Wunder, dass sie so zurückhaltend ist. Kein Wunder, dass sie wie von einer Glaswand umgeben ist. Wer hätte gedacht, dass das Leben in Bokarp so dramatisch sein kann!

Sie legt ihre Stirn auf meine Schulter. Zum ersten Mal seit Langem fehlen mir die Worte. Nadines Stimme an meinem Pulli. »Jetzt weiß jedenfalls ein Mensch davon.«

Ein Fahrrad nähert sich. Nadine zuckt zusammen. »Ich muss jetzt gehen.«

Schnell läuft sie davon. Ich bleibe mit klopfendem Herzen zurück.

Auf dem Heimweg sehe ich die Frau mit der gepunkteten Strumpfhose. Sie sitzt schräg hinter dem Laden auf einer Parkbank. Ich gehe zu ihr und frage sie, ob ich mich zu ihr setzen darf, aber sie antwortet nicht. Ich setze mich trotzdem neben sie. Ihr Geruch ist säuerlich, aber nicht so schlimm. Die Laufmasche ist seit letztem Mal länger geworden und erstreckt sich jetzt bis zu dem roten Turnschuh. Wie alt mag sie wohl sein? Vierzig? Siebzig?

»Mädchen ... Hölle ... Wanderung«, murmelt sie, »Rache ... Gerechtigkeit ... Strafe ...«

Ich verstehe nichts, nur dass sie über Dinge redet, die ihr etwas bedeuten. Ich erzähle ihr von Mama, der es immer schlechter geht, von dem stillen Alvar, der wütenden Tea, der ängstlichen Petra, dem aufgedrehten Mange und der Familie Persson mit ihrem toten Kind, das sie mit keinem Wort erwähnen. Ich erzähle von Evin und den anderen Mädchen, die möchten, dass ich wie sie werde, und ich erzähle von Nadines Geheimnis. Dann fällt mir auf, dass die Frau inzwischen schweigt. Sie sitzt regungslos da und starrt mich erstaunt an. Ihr Gesicht ist von lauter kleinen Knötchen übersät. Sie streckt ihre magere Hand aus und betastet vorsichtig eine Filzlocke. Ich wage kaum zu atmen und lasse ihr Zeit, die Flechte zu untersuchen. Dann zieht sie die Hand zurück, steht auf und geht auf unsicheren Beinen davon. Die Strumpfhose hat auch hinten eine Laufmasche.

19

Alvar und ich sind gerade dabei, den Tisch zu decken, als Petra mit einer handgeschriebenen Liste ankommt. Daraus geht hervor, wie die Familienmitglieder wechselweise Aufgaben im Haushalt erledigen sollen: Eine Woche trägt man den Müll hinaus, in der nächsten räumt man die Spülmaschine aus, in der darauffolgenden wird Staub gesaugt. Zufrieden hängt sie den Wochenplan an den Kühlschrank. Jede Person hat ihre eigene Farbe. Meine ist grün, genau wie meine Trinkkelle.

»Können wir nicht einfach so helfen?«, frage ich. »Ohne Wochenplan?«

»Vielleicht wird dann ja gar nichts erledigt?«

»Aber wenn ich gerade nicht finde, dass Staub gesaugt werden muss?«

Petra fingert nervös an ihrer Kette. »Ich weiß, dass es bei dir zu Hause anders war. Aber jetzt ... wohnst du nun einmal hier und ...«

»Da sollte ich mich an eure Kultur anpassen?«

Petra wirft Mange einen hilfesuchenden Blick zu. Aber er kaut scheinbar ungerührt an seinem Salat weiter, ohne aufzublicken.

»Man kann in einem Haushalt nicht unterschiedliche Regeln für unterschiedliche Personen haben, Billie.«

»Doch, kann man sehr wohl. Wenn es sich um unterschiedliche Menschen mit unterschiedlichem Hintergrund und unterschiedlichen Ansichten handelt.«

Alvar beeilt sich immer mehr mit dem Tischdecken. Unsere Auseinandersetzung ist ihm sichtlich unangenehm, und er sieht aus, als wollte er am liebsten ins Gartenhäuschen flüchten und an seiner Armee weiterbasteln.

Gelassen stelle ich ein Glas auf die glänzende Tischoberfläche und wende mich an Petra. »Die Sache ist die: Ich mag keine Regeln. Ich mag keine Ordnung. Ich mag nicht, dass alle Leute alles gleich machen sollen.«

Mange lässt von seinem Salat ab und betrachtet mich entsetzt. Petra sieht aus, als könnte sie jeden Moment in Ohnmacht fallen.

»Aber ...« Dann schweigt sie. Sie will mich nicht herumkommandieren. Sie will, dass ich meine Meinung sage. Gleichzeitig kann nicht jeder einfach tun, was er will.

»Außerdem habe ich keinen Hunger. Vielleicht in zwei Stunden, aber nicht jetzt.«

Ich gehe in mein Zimmer hinauf und werfe mich aufs Bett. Viel zu früh klopft es an der Tür. Es ist Mange, der mitteilt, dass das Essen auf dem Tisch steht. Ich antworte, dass ich *wie gesagt* keinen Hunger hätte. Er schlägt vor, dass ich trotzdem runterkomme und mich an den Tisch setze. Um den anderen Gesellschaft zu leisten.

»Nur, wenn du Petra von deinen Horrorfilmen erzählst.«
Er lächelt nervös und macht die Tür wieder zu.

Ich rufe Mama auf Skype an. »Ich will mich nicht mehr anpassen.«

»Aha«, sagt Mama zufrieden.

»Warum hast du mich überhaupt dazu ermuntert?«

»Du hast dich selbst dazu ermuntert.«

Wir schweigen eine Weile und schauen uns an. Es klopft wieder, und Alvar streckt den Kopf herein. Als er sieht, dass ich mit Mama skype, will er gleich wieder verschwinden.

»Geh nicht«, sage ich. »Wir wollten gerade aufhören.«

»Wollten wir?«, sagt Mama erstaunt. »Wirklich?«

»Ja. Weil ich jetzt mit Alvar verabredet bin.«

Ich logge mich aus und frage Alvar, ob er sich meine Serie anschauen möchte. Er nickt, legt sich neben mich ins Bett, und ich erzähle, was in den ersten fünf Folgen passiert ist. Es ist angenehm, Alvars Körper neben mir zu spüren. Wenn er lacht, fühle ich mich gleich sehr wohl. Ich könnte mich nicht in Alvar verlieben, das ist es nicht. Als ich klein war, habe ich mir oft vorgestellt, einen Bruder zu haben, wie lustig es mit Geschwistern wäre, mit einem Vater, einer Großmutter, einem Onkel und Kusinen, die man besuchen könnte. Probeweise lege ich meinen Kopf an Alvars Schulter. Ich bin mir fast sicher, dass es ihm auch gefällt.

Am folgenden Tag scharen sich Evin, Filippa und Nicki um mich. Sie wollen wissen, was Nadine nach der Schule im Tunnel erzählt hat. »Sag schon!« Ich renne zu Alvar. Seine

Haltung ist in letzter Zeit aufrechter geworden. Er spricht mehrere Sätze am Stück. Ich hoffe, dass ich mir diese Dinge nicht nur einbilde. »Vielleicht kannst du ja nächste Woche schon eine Minute non stop reden«, sage ich. Alvar wirkt nicht überzeugt.

Evin kommt angerannt. In meiner dünnen Jacke ist mir so kalt, dass ich zittere.

»Was hat Nadine gesagt?«

»Darüber reden wir später.«

»Sie wäre nie von sich aus zu dir gekommen, wenn wir dir nicht gesagt hätten, dass du mit ihr reden sollst.«

»Später«, antworte ich. »Nach der Schule.«

Während des Unterrichts denke ich über mich und Evin nach. Jedes Mal, wenn wir uns in die Augen schauen, will ich mit ihr lachen, mit ihr zusammen zum Training fahren, in ihrer Küche sitzen und mit ihrer Mutter reden. So ist das einfach. Vielleicht wäre es ja gar nicht so schlimm, wenn Evin und die anderen Mädchen Nadines Geheimnis herausfinden würden – schließlich hat sie ja nichts verbrochen, sondern ihr Vater. Arme Nadine, denke ich in der nächsten Sekunde. Arme Nadine, die vielleicht gleich von der einzigen Person verraten wird, der sie sich jemals anvertraut hat. Ich habe ihr versprochen, niemandem etwas zu erzählen. Was bringt mir übrigens Evins Freundschaft, wenn ich dauernd Angst haben muss, dass sie mir zu nahe kommt? Vielleicht wäre es ja am besten, wenn mir alle Einladungen nach der Schule erspart blieben.

Eine halbe Stunde vor Ende der letzten Stunde erkläre ich, dass ich Bauchweh hätte und nach Hause müsse. Roya betrachtet mich besorgt. Sie bittet die Klasse, im Übungsheft weiterzumachen, und begleitet mich dann auf den leeren Korridor. Wir setzen uns auf die Bank vor dem Klassenzimmer.

»Ist es die Magengrippe?«

Ich schüttle den Kopf.

»Was dann?«

Jetzt begreife ich, dass Roya genau wie ich ist. Dass sie Dinge erkennt.

»Ich mache mir solche Sorgen um Nadine«, flüstere ich. »Ihr Vater schlägt ihre Mutter, und sie müssen die ganze Zeit umziehen.«

»Ich weiß.«

»Echt?«

Roya nickt mit ernstem Gesicht. »Ja, jetzt sind wir mit unserem Wissen zu zweit.«

In diesem Augenblick fällt mir ein Stein von der Seele.

»Ich weiß nicht, wo sie wohnt«, fährt Roya fort, »und ich darf niemandem erzählen, dass Nadine unsere Schule besucht. Daran halte ich mich auch.«

»Die anderen Mädchen wollen alles über Nadine wissen, aber ...«

»Du willst es ihnen nicht erzählen?«

»Nein, aber ich will auch nicht allein sein.«

Roya mustert mich lange.

»Am Anfang hatte ich es hier auch nicht einfach«, sagt sie schließlich. »Wie du vielleicht weißt, bin ich mit Vendela zusammen, die den kleinen Lebensmittelladen hat. Obwohl wir wussten, dass es nicht einfach sein würde, beschlossen wir, dass ich zu ihr ziehe.«

Ich habe Roya hinter der Kasse mit Vendela lachen sehen. Nichts auf dieser Welt könnte mich davon überzeugen, dass das nicht in Ordnung ist.

»Aber ich weiß nicht, ob ich hierhergezogen wäre, wenn ich gewusst hätte, was mich erwartet«, fährt sie mit leiser Stimme fort. »Mir fiel auf, dass uns die Leute angestarrt und über uns geredet haben, sogar die Kinder. Ich tat so, als wären Vendela und ich nur gute Freunde. Ich hielt nicht mehr ihre Hand, wenn wir in der Stadt unterwegs waren, und redete nie mit anderen Leuten über sie. Aber zuletzt ...«, Roya schüttelt den Kopf ein wenig, »hatte ich das Gefühl, nicht mehr atmen zu können, und habe erwogen, mit Vendela Schluss zu machen und wieder nach Hause zurückzukehren.«

Dankbar, endlich einen Menschen in Bokarp getroffen zu haben, der über die wesentlichen Dinge redet, hänge ich an ihren Lippen.

»Was geschah dann?«

»Vendela hat mich gefragt, wie ich mir mein Leben vorstelle. Ob ich mich ständig verstellen und allen etwas vormachen will.«

»Und das wolltest du nicht?«

Roya schüttelt den Kopf. »Du etwa?«

»Ich ... nein.«

»Die Leute reden immer noch über mich, aber nicht alle. Diejenigen, die ich mag, tun das nicht.«

Wir sehen uns eine Weile an. Zuletzt fragt Roya, ob ich wieder ins Klassenzimmmer wolle. Ich nicke.

Nach dem Unterricht gehe ich auf den Schulhof und warte auf Evin und die Clique. Ich lasse meinen Blick über die Gesichter der aufgeregten Mädchen gleiten. In wenigen Sekunden werden sie sich von mir abwenden.

»Ich will euch mal etwas über Nadine erzählen. Sie hat mir etwas anvertraut und mich darum gebeten, niemandem etwas zu verraten, und das habe ich ihr auch versprochen.«

»Das heißt?«, sagt Filippa.

»Ich habe Nadine versprochen, den Mund zu halten. Da könnt ihr noch so lange nerven, ich sag trotzdem nichts.«

Ihre Blicke stechen mir ein wenig in den Rücken. Komischerweise macht es mir nicht viel aus. Je weiter ich mich von der Schule entferne, desto stärker fühle ich mich.

20

Heute ist Samstag und Petra hat entschieden, dass wir uns mit Brettspielen die Zeit vertreiben. Zuerst gibt's Tacos und danach Eis mit Baiser. Mange rechnet aus, wie viele Baisers jeder kriegt, und zwar vier Stück pro Person. Tea erkundigt sich vorsichtig, ob sie nicht das Fernsehprogramm anschauen darf, das in ihrer Klasse so beliebt ist. »Ja, willst du denn nicht mitspielen?«, fragt Petra mit enttäuschter Stimme.

Tea gibt nach. Sie kennt die Gewohnheiten: Samstags ist Familiengeselligkeit angesagt. Jeder darf abwechselnd ein Spiel aussuchen. Letzte Woche hat Petra Scrabble gewählt. Heute ist Mange dran, und er entscheidet sich für Monopoly. Da ich noch nie Monopoly gespielt habe, finde ich es spannend. Mange und Petra freuen sich wahnsinnig, wenn sie auf der richtigen Straße landen und Häuser kaufen dürfen. Mein Gefühl sagt mir, dass sie sich so übertrieben freuen, damit Alvar und Tea begreifen, wie gemütlich wir es haben. Problematisch ist nur, dass es kein bisschen gemütlich wird, solange sie sich weigern, die Heizung aufzudrehen. Ich muss mir noch einen Pulli holen, um es auszuhalten.

Mange hat sehr viel Glück. Und Tea landet immer auf seinen Straßen.

»Verdammtes Scheißspiel«, sagt Tea.

Petra wirft ihr einen missbilligenden Blick zu, denn obwohl die Kinder selber entscheiden dürfen, ob sie an Gott glauben oder nicht, dürfen sie keinesfalls fluchen.

»Monopoly ist reine Glückssache«, mault Tea.

Mange kann ihr da nicht zustimmen. Er meint, man müsse auch mal etwas wagen, und fordert Alvar dazu auf, mehr auf Risiko zu spielen. Aber das hilft nichts. Alvar kauft kaum Straßen und hält das Geld möglichst lange fest.

Nach ein paar Stunden herrscht Mange über ein Imperium roter Hotels. Alvar betritt eines davon und scheidet somit aus. Tea investiert in ungünstiger Lage und scheidet ebenfalls aus.

Petra rennt los, um »etwas Leckeres« zum Trost zu holen. Sie kommt mit dem Obst zurück. Und einem Lappen, mit dem sie immer wieder den Tisch abwischt.

Alvar und Tea sitzen niedergeschlagen auf dem Sofa. Ich drapiere meine langen Dreadlocks auf Teas Kopf. »Du kannst an meiner Stelle spielen! Stell dir einfach vor, du wärst ich.« Aber sie schüttelt meine Locken ab und murmelt etwas Unverständliches.

Petra ärgert sich sichtlich über Mange. »Es wäre doch nett, wenn die Kinder auch mal ein bisschen Glück hätten.«

Mange wirft ihr einen fragenden Blick zu. Er hat keine Lust, sich zu verstellen, nur damit ich gewinne.

»Mir ist das nicht wichtig«, sage ich.

»Na also«, sagt Mange zu Petra.

»Aber es ist doch sinnlos, wenn alle Kinder ausscheiden und wir zwei alleine weiterspielen.«

»Das ist nun mal so bei Monopoly.«

»Aber vielleicht ist es wichtiger, zusammen Spaß zu haben!«

Petra schaut auf ihre Knie. Ihre Silberohrringe bewegen sich. Sie hat das Gefühl, dass das gemütliche Beisammensein misslungen ist. Arme Petra, sie kann ja nichts dafür. Es liegt an allem anderen. Daran, dass sie nie miteinander reden.

»Wollen wir weiterspielen?«

Mange schüttelt die Würfel. In Petras Augen sind Tränen zu sehen. Alvar und Tea schauen in die andere Richtung.

»Nachher können wir einen Film anschauen«, sagt Petra und versucht, fröhlich zu klingen. »Einen, den *alle* mögen.«

»So einen Film gibt's gar nicht«, erwidert Tea.

Ich halte es nicht mehr aus. Jetzt reicht's.

»Welche Filme hat Casper gemocht?«

Eine kompakte Stille verbreitet sich im Zimmer. Petra sieht aus, als müsste sie sich gleich übergeben. Manges Lächeln wirkt erstarrt. Er macht sich an den Karten auf dem Spielbrett zu schaffen, legt sie zu ordentlichen Stapeln zusammen. Mein Herz klopft so fest, dass es fast schmerzt, aber ich muss jetzt weitermachen.

»Haben ihm lustige oder eher spannende Filme gefallen?«

Tea murmelt etwas.

»Wie?«, frage ich.

»Pu der Bär«, krächzt sie.

»Und die Mumins«, ergänzt Alvar.

Ein flüchtiges Lächeln erscheint auf Petras blassen Lippen.

»Wir hatten natürlich vor, dir von Casper zu erzählen. Aber wir wollten damit warten, bis du dich bei uns zu Hause fühlst.«

»Das macht nichts«, antworte ich.

Dann herrscht wieder vollkommene Stille. Mich erstaunt, dass Petra nicht gleich davoneilt, um etwas zu holen, und dass sich Mange nicht in einen Scherz flüchtet.

»Er hat so gerne gesungen«, sagt Petra mit festerer Stimme. »Casper liebte es, zu singen. Genau wie du, Billie.«

»Was hat er denn gesungen?«

»Du kennst doch das Lied mit dem Wald und der Hütte?«, sagt Tea. »Und dem Wichtel, der herausschaut?«

»Genau«, fuhr Petra fort. »Er liebte die Bewegungen. Der Hase, der hüpft.«

Mange erwacht zum Leben. »Wenn Casper getanzt hat, konnte niemand stillsitzen.«

»Ich habe immer mit ihm getanzt«, erklärt Alvar.

Die vier lächeln gleichzeitig, als sähen sie genau das vor sich: Casper und Alvar, die zusammen tanzen.

»Ich glaube, ich hätte Casper gemocht«, sage ich.

Die ganze Familie Persson nickt gleichzeitig. Ausnahmsweise sind sie sich vollkommen einig.

»Der Baum?«, frage ich Petra. »Den du abends immer gießt?«

»Ich habe ihn dort gepflanzt, wo seine Rutsche stand. Ich wollte eine Art Gedenkplatz schaffen.«

Die Stimmung ist jetzt eine ganz andere. Ich betrachte die Familie am Tisch. Sie sehen einander so schüchtern an, als wären sie einander soeben zum ersten Mal begegnet. Ihre Gesichter wirken nicht mehr so angespannt. Das hier könnte ein vielversprechender Anfang sein. Wie durch ein Wunder scheint die Temperatur im Raum angestiegen zu sein. Es ist auf einmal so warm, dass ich meinen Hoodie ausziehen muss.

Ich frage, ob ich ins Bett gehen darf. Petra nickt und streichelt kurz meine Hand. Mange lächelt herzlich. In meinem Zimmer lasse ich mich aufs Bett fallen, ohne vorher die Zähne zu putzen, schlafe sofort ein und erwache erst zwölf Stunden später. Trotzdem bin ich immer noch müde.

21

Es ist der Tag vor dem großen Tischtennisturnier, und obwohl mir diese Sportart noch recht neu ist, habe ich mich für zwei Gruppen angemeldet. Die Veranstaltung ist das größte Ereignis in Bokarp. Von mir werden keine großartigen Leistungen erwartet. Nicht einmal ich selbst werde traurig sein, wenn ich verliere. Überhaupt ein einziges Set zu gewinnen wäre eine Sensation. Im Café zu bedienen macht mir mindestens genauso viel Spaß wie das Spiel an sich. Ich werde dort möglichst viel arbeiten, während die anderen Gruppen spielen.

Seit unserem geselligen Abend haben wir nicht so viel über Casper geredet. Aber ich weiß natürlich nicht, worüber sie sprechen, wenn ich nicht da bin. Am darauffolgenden Tag hat Petra jedenfalls ein Foto von ihm an die Wand gehängt, und am nächsten Tag stand eine gerahmte Zeichnung im Regal. Ich habe nichts gesagt, obwohl ich mir natürlich überlege, warum es diese Dinge nicht schon vorher gab.

Zuerst wollte Alvar gar nicht am Turnier teilnehmen, was dann aber Mange enttäuschte. Er fand eine gewisse Wettkampfgewöhnung sehr nützlich und betonte, dass das Turnier ein richtiges Volksfest sei. Alvar erinnerte ihn daran, wie es im vorhergehenden Jahr gelaufen war, nämlich lausig. Es sei egal, ob man gewinne, fand Mange, solange man sein Bestes gebe. Zu guter Letzt hat Alvar nachgegeben. Wahrscheinlich fand er, dass Mange, der sich so für das Turnier einsetzte, erwarten konnte, dass wenigstens eines seiner Kinder teilnahm.

Aus dem ganzen Landkreis strömen die Leute nach Bokarp. Sie tragen Trainingsanzüge in verschiedenen Farben und mit dem Namen ihres Vereins auf dem Rücken. Ich finde es richtig aufregend, so viele neue Gesichter zu sehen. Im Café komme ich mit einer Familie ins Gespräch, die ganze zweihundert Kilometer zurückgelegt hat, um an der Veranstaltung teilzunehmen. Alle drei Kinder spielen Tischtennis, und der Vater war offenbar früher einmal auch sehr gut. Sie erzählen, wie oft sie an Wettkämpfen teilnehmen, nämlich fast jedes Wochenende, und ich erkundige mich, wie man es bloß aushält, dauernd das Gleiche zu tun. Der Vater scheint meine Frage nicht zu verstehen.

Evin und die anderen nehmen auch teil. Ich weiß nicht, wie sie zu mir stehen. Sie zeigen mir nicht die kalte Schulter, aber sie laden mich auch nicht mehr nach der Schule ein. Manchmal merke ich, wie mich Evin im Klassenzimmer betrachtet. Wenn ich ihren Blick erwidere, wendet sie den Kopf ab.

Evin und ich sind gleichzeitig für die Arbeit im Café eingeteilt. Zu Anfang ist die Stimmung etwas angespannt. Wir machen Butterbrote und arrangieren die Zimtschnecken hübsch auf einem Teller. Wir unterhalten uns über die Arbeit, helfen einander beim Rechnen und Kaffeekochen. Nach einer Weile spüre ich, wie wir uns beide immer mehr entspannen. Jedes Mal, wenn wir Geld entgegennehmen, sagen wir »allerherzlichsten Dank« und lachen ohne Grund ganz laut. Evin ahmt die verschiedensten Dialekte so geschickt nach, dass ich mich frage, warum sie nicht einen Theaterkurs besucht, statt Tischtennis zu trainieren.

Filippa kommt an die Theke, um ein Kitkat zu kaufen. Als sie mir das Geld gibt, singe ich »allerherzlichsten Dank« wie in einer Oper. Evin muss so sehr lachen, dass die Kuchenkrümel aus ihrem Mund nur so durch die Gegend fliegen. Filippa starrt uns mit todernster Miene an. Evin lacht noch mehr. Ich habe auf einmal einen Kloß im Hals.

Eine Stunde später ist die Mädchengruppe, für die ich angemeldet bin, an der Reihe. In den ersten beiden Runden trete ich gegen Mädchen aus anderen Vereinen an und verliere mit 11–2, 11–2, 11–4 in der ersten Runde und in einem Satz der zweiten Runde sogar mit null Punkten. Da es in der Mädchengruppe so wenig Teilnehmerinnen gibt, trete ich im Endspiel im Pool gegen Filippa an. Sie gehört nicht zu den besten Spielerinnen, spielt aber bereits, seit sie sieben war, somit steht der Ausgang fest. Sie sieht mich nicht an, als sie den Spielraum mit dem Schläger in der einen und der Wasserflasche in der anderen Hand betritt. Ich scherze, dass ich aufs Klo muss, »mach mich also schnell nieder«. Sie schlägt mit steinerner Miene auf. Bombardiert mich dann wie ein Roboter mit einem Ball nach dem anderen. Ich erwische nur die Hälfte davon.

»Hilfe«, rufe ich.

Ich werfe einen Blick zur Seite und sehe Alvar mit gesenktem Kopf auf einen der Tische zugehen. Auf der Tribüne sitzt Douglas. Er ruft Alvar etwas zu, was ich nicht verstehe. Salim, der daneben sitzt, grinst. Alvar schenkt ihnen keine Beachtung. Mange steht am Kurzende bereit, ganz offensichtlich, um zu coachen. Alvar schlägt auf. Wischt sich nervös die Stirn mit dem Handtuch. Douglas ruft wieder von der Tribüne herunter. »... der ernste Alvar!« ist alles, was ich höre.

Dann beginnt mein Spiel. Ich beschließe, immerhin mein Bestes zu geben. Bereits nach den ersten Schlägen fällt mir etwas Komisches auf. Filippas Vorhand ist gar nicht so schwer, und ich kriege die meisten Bälle über das Netz. Filippa verfehlt selbst meine einfachsten Bälle. Sie faucht vor sich hin und scheint gleich vor Wut zu platzen.

»Entschuldigung«, sage ich.

»Halts Maul!«

Sowohl der Schiedsrichter als auch ich hören das. Aber wir protestieren nicht. Filippa schnappt sich die Trinkflasche und trinkt mit großen, aufgeregten Schlucken.

Ich gewinne den ersten Satz mit 1–7. Mit größtem Erstaunen wechsle ich die Seite für den zweiten Satz. Filippa bewegt den Arm und verzieht das Gesicht. Ich durchschaue sie: Alle sollen denken, dass sie verletzt ist. Ich habe nichts dagegen. Das Spiel zu verlieren wäre natürlich eine schreckliche Blamage für sie. Es ist nur gerecht, dass sie gewinnt. Im zweiten Satz nimmt die Panik in Filippas Augen zu. Sie flucht laut, wenn sie meinen Ball verfehlt, und ruft »Glück gehabt«, wenn ich den Ball ganz knapp über das Netz schieße. Ein Oberschiedsrichter aus dem Sekretariat kommt in die Spielbox und erteilt ihr eine Verwarnung. Es ist verboten, während des Spiels zu fluchen oder den Gegner zu beschimpfen. Filippa beißt die Zähne zusammen und spielt weiter. Aber sie kriegt die Lage nicht in den Griff, sondern verliert den Satz mit 5–11.

Ich sehe, wie uns Evin und Nicki von der Tribüne aus mit schockierter Miene anstarren. Mir ist vollkommen klar, warum: Billie, die erst ein paar lächerliche Wochen Tischtennis spielt, ist drauf und dran, Filippa zu besiegen. Alvar dort drüben hat die ersten beiden Sätze verloren. Jetzt bespricht er mit Mange die Taktik vor dem dritten Durchgang. Manges Lippen bewegen sich. Douglas ist ein paar Bankreihen näher gerückt. Er und Salim lachen. Alvar hebt den Kopf, und seine Augen beschießen sie mit Giftpfeilen. Einen Moment lang gleicht er seinen Kriegern im Gartenhäuschen.

Der Wettkampf zwischen Filippa und mir geht weiter. Was zu geschehen droht, darf nicht geschehen. Absichtlich verfehle ich einige Bälle. Filippa erzielt einen, zwei, drei, vier Punkte. Ich spiele weiterhin schwach, und sie gewinnt noch fünf, sechs, sieben ... Mitten im Satz schmeißt sie den Schläger zu Boden. Ihr Gesicht ist knallrot. Die Tränen schießen ihr in die Augen. »Du machst das absichtlich!«, schreit sie.

»Stimmt doch gar nicht.«

»Doch! Du blöde Kuh. Ich ... hasse dich!«

Sie stürzt aus dem Spielraum und rennt an der Hallenwand entlang zum Ausgang. Alle Augen sind auf sie gerichtet. Ganz Bokarp sitzt auf der Tribüne. Der Schiedsrichter kommt auf mich zu und überreicht mir ein Papier, auf dem steht, dass ich das Spiel gewonnen habe. Mit zittriger Hand unterschreibe ich. Mit ebenso zittrigen Beinen gehe ich zum Ausgang.

Ich finde Filippa auf dem Klo. Ihr Schluchzen dringt durch die geschlossene Tür. »Filippa?«

»Hau ab!«

»Entschuldigung!«

»Du kapierst überhaupt nichts!«

»Was soll ich denn kapieren?«

Keine Antwort. Das Schluchzen geht weiter. Ich bitte sie, herauszukommen, damit wir reden können. Ich will schon aufgeben, da springt die Tür auf. Filippa erscheint mit verheultem Gesicht. Sie wischt sich die Tränen mit Klopapier aus dem Gesicht und fixiert mich mit den Augen.

»Du kommst einfach aus Stockholm daher und bist so megacool und ... so selbstverständlich, so selbstsicher und machst einfach, was dir gefällt ...«

»Aber ich bin doch gar nicht ...«

»Doch, das bist du! Alle finden dich verdammt cool, weil du dich geweigert hast, über Nadine zu tratschen. Wenn ich das Gleiche getan hätte, dann hätten sie noch wochenlang über mich gelästert. Sie bewundern dich, weil du ...« Sie zieht die Nase hoch. »Weißt du eigentlich, wie widerlich perfekte Menschen sind? Weißt du eigentlich, wie sehr ich dich hasse?«

Während ich nach einer passenden Antwort suche, höre ich von draußen Schreie und aufgeregte Stimmen. Filippa und ich schauen gleichzeitig zur Tür. In der nächsten Sekunde sind wir wieder in der Halle. Als Erstes sehe ich Petra, die eine Hand vor den Mund hält.

Das Turnier ist zum Stillstand gekommen. Auf dem Boden zwischen den Tischen liegen zwei Jungen und prügeln sich. Alvar haut, was das Zeug hält, Douglas wehrt sich, so gut er kann. Mange stürzt auf die beiden zu und zerrt sie auseinander. Im nächsten Augenblick sind sie wieder auf den Beinen. Alvar scheint dem nicht mehr so draufgängerischen Douglas die Augen auskratzen zu wollen.

»Halt die Klappe!«, schreit Alvar und wirkt wie verwandelt. »Kannst du nicht endlich aus meinem Leben verschwinden?«

Ich wende mich an Petra, die angespannt neben mir steht. »Was ist mit den beiden eigentlich los?«

»Du weißt sicher, dass Douglas Alvars Cousin ist? Der Sohn meines Bruders.«

Ich atme tief ein. »Nein, woher denn?«

Mein Handy klingelt in der Trainingsjacke. Auf dem Display steht Cecilias Name. Ich antworte. Cecilia sagt, dass sie mir etwas erzählen muss. Ich entferne mich ein wenig vom Getümmel.

»Deine Mutter hatte einen neuen Schub«, erklärt Cecilia. »Es geht ihr nicht so gut.«

»Aber ich soll doch bald nach Hause?«

»Ja, also ...« Cecilias Stimme ist anzuhören, dass es ihr nicht leichtfällt, mir die Nachricht zu überbringen. »Sie hält sich einfach nicht an die Anweisungen der Ärzte, und jetzt geht es ihr leider schlechter.«

Einige Sekunden herrscht Schweigen. Ich möchte das Handy auf den Boden werfen, bin aber wie gelähmt.

»Du musst also bis auf Weiteres in Bokarp bleiben. Tut mir leid, Billie.«

»Wann darf ich dann nach Hause? In einem Monat? Oder zwei?«

Am anderen Ende ist es ganz still geworden.

»Das kann ich dir leider nicht sagen«, antwortet Cecilia schließlich. »Die Krankheit deiner Mutter ist unberechenbar.«

Ich höre Douglas in einiger Entfernung schreien. Ich sehe, wie Mange versucht, Alvar festzuhalten. Aber es ist mir egal.

Mich kümmert nur, dass meine Mutter ernsthaft krank ist und die Ratschläge der Ärzte nicht befolgt, obwohl sie es versprochen hat. Das kann zur Folge haben, dass sie mich nicht mehr zurückbekommt. Die Tränen brechen aus mir hervor wie Lava aus einem Vulkan. Es ist sinnlos, sie aufhalten zu wollen.

Petra kommt zu mir. »Meine Kleine …«

Ich werfe mich in ihre Arme und schluchze in ihre dünne, weiße Bluse, befeuchte sie mit meinen Tränen. Ich wusste nicht, dass es so wehtun kann. Der Schmerz muss ganz tief drinnen gesteckt haben, denke ich, während ich meine Nase in Petras Schulter bohre.

Viele Stunden später klopft es an meine Zimmertür. Mama und ich haben miteinander geskypt, bis es ihr zu anstrengend wurde. Sie habe kein Gefühl mehr in den Händen, sagte sie. Ich konnte sehen, wie es um sie stand. Und wusste, dass ich nicht bei ihr sein will. Das hat dann noch mehr geschmerzt.

Petra und Mange hatten in der Küche eine ernsthafte Unterredung mit Alvar, aber ich habe nicht gelauscht. Jetzt wollen sie hereinkommen und auf meinem Bett sitzen. Ich sage ihnen, das sei okay. Petra ergreift meine Hand und hält sie, als sei sie empfindlich.

»Ich bin so froh, dass wir dich behalten dürfen.«

Mange ergreift meine andere Hand. »Ich bin auch froh.«

»Kein Mensch ist immer stark«, sagt Petra. »Nicht einmal du.«

Ich überlege mir, warum ich immer geglaubt habe, dass man entweder stark oder schwach ist. Und dass es die Aufgabe der Starken ist, den Schwachen zu helfen.

»Warum mögen sich Alvar und Douglas nicht?«

Sowohl Petra als auch Mange senken den Blick. Ich erwarte, dass zumindest Petra aufsteht und das Zimmer verlässt. Aber sie bleibt. Es fällt ihr sicher wahnsinnig schwer.

»Eigentlich geht es dabei um meinen Bruder und mich. Früher waren wir einander sehr nahe, aber dann gab es schwierige Zeiten. Und als Casper starb ...«

Mange schluckt. Man merkt, dass sie nur selten über diese Dinge reden.

Petra lässt meine Hand los. »Ich habe Tea versprochen, ihr mit Mathe zu helfen.«

Sie gehen zur Tür. Petras Haare sind zur Hälfte aus der Spange gerutscht. Es gefällt mir, dass sie sie nicht sofort wieder geordnet hat.

»Alvar bastelt eine ganze Armee im Gartenhäuschen.«

Die beiden betrachten mich, als hätte ich etwas vollkommen Unbegreifliches gesagt. Petra öffnet den Mund ein wenig.

»Aber jetzt will ich alleine sein.«

22

Ich radle mit Alvar auf glatten Straßen voller Herbstlaub. Wind im Haar und eine Freiheit, die es in Stockholm nicht gibt. Solche Dinge sind einfach gut. Ein eigenes Fahrrad ist gut. Ein Bruder ist gut. Der Chor und das Tischtennis. Die Nebenstraßen sind jetzt interessanter. Da wohnt der, und dort wohnt jener. Wir fahren zum Kiosk in Solkullen und kaufen Süßigkeiten. Dort ist die Straße, auf der Casper starb. Alvar zeigt mir die Stelle, und dann ist die Sache abgehakt.

Vor dem Kiosk treffe ich das nette Mädchen aus dem Chor. Sie hängt mit ein paar Jungs ab, die Mofas oder Motorräder haben, ich weiß nicht so genau.

Sie stellt mich vor, und sie wollen mein Haar befühlen und mich über Stockholm ausfragen. Alvar bleibt in einiger Entfernung stehen.

Dann gehen wir weiter. Schieben die Fahrräder neben uns her und essen Süßigkeiten.

»Letzte Woche habe ich an einem Dienstag Süßigkeiten gegessen«, sagt Alvar.

Er schielt zu mir rüber und streicht sich den Pony auf diese süße Art aus der Stirn.

»Aber heute halten wir uns an die Regeln«, sage ich. »Schließlich kann man nicht zweimal im Monat dagegen verstoßen.«

Alvar lächelt. Vielleicht versteht er ja allmählich meinen Humor. Das würde die Dinge ganz schön erleichtern. Eigentlich möchte ich ihn über Douglas ausfragen. Bislang habe ich keine richtige Erklärung erhalten. Was ist zwischen Petra und Douglas' Vater vorgefallen? Es gibt noch viele offene Fragen. Aber die Antworten müssen warten. Die Familie Persson braucht erst einmal eine Atempause, wie es so schön heißt.

Ich zwinge Alvar, mir etwas über die Leute zu erzählen, denen wir begegnen. Er gibt sich redlich Mühe. Ich erfahre, dass ein älterer Mann früher einmal Polizist war, aber dann selber straffällig wurde, dass eine Frau aus Thailand nach Bokarp zurückgekehrt ist und ihre ganze Familie zurückgelassen hat, dass ein Mann im Rollstuhl einen Autounfall erlitten hat und dass sein betrunkener Freund am Steuer saß. Alvar ist noch gar nicht aufgefallen, wie spannend die Leute in Bokarp sein können, aber ich mache ihn darauf aufmerksam.

Dann erblicke ich Nadine, die Hand in Hand mit ihrer Mutter die Straße entlanggeht. Mit der eigenen Mutter Händchen zu halten, das ist in Bokarp sicher nicht üblich, aber das ist Nadine vollkommen egal. So etwas macht mich froh. Nadine und ich winken einander zu. Wir haben ein Geheimnis zusammen. Nicht einmal Alvar wird davon erfahren. Ich

172

schaue Nadine und ihrer Mutter hinterher. Ich spüre einen Stich in der Brust, aber nicht so arg. Schließlich kenne ich den Grund.

Auf dem Marktplatz sehe ich die Frau mit der gepunkteten Strumpfhose. Sie textet einen Hund zu, der an einem Laternenpfahl festgebunden ist.

Einer Eingebung folgend, zerre ich Alvar in den Kleiderladen und frage die Verkäuferin, ob sie gepunktete Strumpfhosen haben. Sie geht in ein Hinterzimmer, um nachzuschauen. Wenige Minuten später kehrt sie mit geröteten Wangen zurück. Sie hat tatsächlich ein Paar gefunden! Ich sage ihr, dass ich sie gerne als Geschenk haben möchte, und die Verkäuferin macht ein hübsches Päckchen mit blumigem Papier und zwei Schleifen in verschiedenen Farben.

»Sie könnten ja die Weltmeisterschaft im Geschenke-Verpacken gewinnen!«

Die Verkäuferin bedankt sich lächelnd.

Ich überquere den Platz mit Alvar im Schlepptau. Die Frau konzentriert sich auf den Hund und beachtet mich nicht.

Ich halte ihr das hübsche Päckchen hin.

»Bitte schön!«

Zuerst starrt sie es nur an. Zwei Sekunden später liegt es in ihrer Plastiktüte. Dann eilt sie auf ihren dünnen Beinen davon.

»Die Finnin ist verrückt«, sagt Alvar.

»Nö, ist sie gar nicht. Sie ist normal. Sie auch.«

Alvar sieht mich fragend an.

Arm in Arm schlendern wir durch die Nebenstraßen, die in Bokarp Hauptstraßen sind. In einiger Entfernung sehe ich ein paar Klassenkameraden und lasse ihn los. Alvar schenkt mir einen dankbaren Blick. Man kann die Welt nun einmal nicht in ein paar mickrigen Wochen verändern, das ist einfach so.

Die Autorin

Sara Kadefors, geboren 1965 in Göteborg, ist eine schwedische Schriftstellerin und Journalistin. Ihr Jugendbuch *Sandor Slash Ida* (2001) wurde mit dem August-Preis ausgezeichnet und ist bis heute das meistverkaufte Jugendbuch Schwedens. Seither hat die Autorin mehrere Romane für Erwachsene und Jugendliche verfasst. Sie lebt mit ihrem Mann und ihren zwei Kindern in Stockholm.